Gerd Tesch

Selbstbildnis mit Pickelhaube
Tod in der Ströher-Galerie

Die Deutsche Nationalbibliothek verzeichnet diese Publikation in der Deutschen Nationalbibliothek; detaillierte bibliographische Daten sind im Internet über http://dnb.d-nb.de abrufbar.

© 2022 Gerd Tesch
Herstellung und Verlag:
BoD – Books on Demand, Norderstedt
1. Auflage
Layout und Cover: Manuela Wirtz, Schüller
Coverbild: Norbert Thinnes

ISBN: 9783756863006
Printed in Germany

Gerd Tesch

SELBSTBILDNIS MIT PICKELHAUBE

Tod in der Ströher-Galerie

Kriminalroman

Zweifel ist zwar kein angenehmer geistiger Zustand, aber Gewissheit ist ein absurder.

Voltaire

Nachzuahmen erniedrigt einen Mann von Kopf.

Der König zum Marquis von Posa
in Schillers *Don Carlos*

In der Tat lügen die Romane – sie können nicht anders –, aber … in ihrer Lügenhaftigkeit drücken sie eine eigentümliche Wahrheit aus, die nur verborgen und verdeckt ausgedrückt werden kann."

Mario Vargas Llosa

Jung sterben, und das so spät wie möglich.

Nicklas Brendborg

Kapitel 1

Der Koffer

Zielstrebig, gleichwohl staksig nähert er sich der rotgelockten jungen Frau vor dem Brunnen. Fröstelnd stiert sie aus weit geöffneten Augen auf das Köfferchen in seiner Rechten. Die Temperaturen sind empfindlich unter Null gesunken. Ohne ein Wort zu sagen, platziert er es vor ihre Füße. Nun dreht er sich zur Seite, um abzuheben und über den Platz davonzufliegen.

Wie das Kaninchen vor der Schlange starrt sie nach unten, wagt nicht, sich zu bewegen.

Da wird sie von einem Maskierten weggerissen und in einen schwarzen Van mit abgedunkelten Scheiben gestoßen, der soeben mit quietschenden Bremsen gestoppt hat.

Der schwarze Koffer steht einsam und verlassen da, von Schneeflocken umtanzt.

Ein hagerer etwa siebzigjähriger Mann, ausgeprägte Kinnpartie, hohlwangig, stechender Blick, Hut und Mantel im gleichen Grauton, hat das Geschehen von der etwas erhöhten Warte vor der Hunsrück-Bank aus beobachtet und spricht ungerührt in sein Handy.

Eine ältere Frau mit Lockenwicklern schreit aus dem geöffneten Fenster einer Dachgeschosswohnung auf der gegenüberliegenden Seite des Schlosses und fuchtelt wild mit den Händen in der Luft herum.

Am Vormittag des zweiten April zweitausendzwanzig hat es zu schneien begonnen: zunächst kaum merklich, dann öffnet der Himmel seine Schleusen. Bald schon sind die Fenster der Häuser, die den Schlossplatz umrahmen, mit Schleiern verhangen, die Illusionen Vorschub leisten.

Überaus sonnig war der März. Wieder ein Temperaturrekord als Folge des Klimawandels.

Nach zwei Jahren Corona stimmt man gerne dem Kanzler zu: Man habe es sich verdient, aufzuatmen. Mit ihm ignoriert man exorbitante Infektionswellen, wähnt sich angesichts mäßiger Hospitalisierungszahlen in Sicherheit. Oster- und Sommerurlaube werden geplant, bevor die galoppierende Inflation angehäufte Ersparnisse zertrampelt. Augen zu und durch. Ölembargo findet man angebracht. Ärgerlich, dass der bestellte E-SUV monatelang in der Warteschleife steckt; andererseits ein Beitrag zum Allgemeinwohl, fühlt sich gut an. Man hofft auf das politische O-Tripel: Das wird es schon richten. Statt das Für und Wider der Lieferung schwerer Waffen an die Ukraine zu diskutieren, fliegt man in den Urlaub. Hoffentlich werden dort keine toten Flüchtlinge angeschwemmt.

Die blendenden Vorfrühlingssonnentage sind am zweiten April Vergangenheit: neun Wochen nach dem zweiten Corona-Heiligabend; der dritte wird folgen, so sicher wie das Amen in der Kirche. Landauf, landab Unfälle: Warum hat man die Vorhersagen nicht ernstgenommen?

Falko, der Lokalreporter der Hunsrück-Zeitung, von dem martialischen Szenario eines anonymen Hinweisgebers auf den Schlossplatz der Kreisstadt gelockt, wirft flott eine Skizze desselben auf den Notizblock, in der er die Figuren, die ihm in die Augen springen, wie auf einem Spielbrett positioniert: den älteren Trenchcoat-Träger, der hektisch Ziffern in sein Smartphone hämmert, einen Schwarzbärtigen mit seiner bekopftuchten Schönheit und seiner lärmigen Entourage, die Klischees und Ressentiments einer türkischen Hochzeit bedienen, sowie eine Kamerafrau und die Frau am Fenster. Sie alle bilden die Kulisse des Bühnengeschehens, das sich wie auf einem Laufsteg vor seinen, vor Falkos Augen abspielt. Ihn wunderte es nicht, dröhnte wie in „Apokalypse Now" ein Kampfhubschrauber, donnerhallend im Wettstreit mit Wagner-Musik, heran und vesprengte die Schlossplatzbesucher in alle Winde. Krähen schlagen Tauben in die Flucht und belagern die Zinnen des Schlossdachs, unbeeindruckt vom abrupt einsetzenden Glockengeläut der Stephanskirche – auch vom Nachhall eines Düsenjets, der Wolkenfetzen durchschießt.

Eine Fliege klatscht gegen Falkos Brille und trübt seine Sicht. Im selben Moment rast ein Streifenwagen, das Martinshorn aktiviert, heran.

„Verlassen Sie sofort den Schlossplatz!", tönt es aus einem Lautsprecher.

Die Teilnehmer der Hochzeitsgesellschaft vor dem Haupteingang des Schlosses stieben auseinander, eilen nach rechts zur flankierenden Straße hin, wo sie von Polizisten angewiesen werden, den Sitzungssaal des Vermessungsamts, vor dem sie stehen, aufzusuchen. Dort werde man ihre Personalien aufnehmen, um sie als Zeugen vorzuladen.

Die Kamerafrau der Hochzeiter hat mit einem Zufallsschwenk die Szene vor dem Brunnen gefilmt.

Später stakst ein Maschinenwesen über den menschenleeren Platz Richtung Koffer, um nach ihm zu greifen.

Kater Murr katzbuckelt. Leonhard Aron legt zungeschnalzend sein Fernglas auf das Sims. Er setzt sich an den Schreibtisch und notiert in das Tagebuch, in den Zettelkasten für sein neues Romanprojekt:

Es hat geklappt. Sie sind uns auf den Leim gegangen. Und der Pressefritze rückte bereits vor der Polizei an. Wer ihm die Information wohl durchgestochen hat!

Elias' Technikwunder hat funktioniert und Emilie hat ihre Rolle perfekt gespielt. Gewundert habe ich mich allerdings, wie rabiat der Schwarzmaskierte zu Werke ging.

Gerne würde ich Hauptkommissarin Corinna Schmidt in die Augen schauen, wenn man den Koffer öffnet. Bin gespannt, wie sie reagieren wird.

Wie freue ich mich auf unser Treffen am Nachmittag. Ich werde Beatrice und Annemie berichten und mit ihnen die Szene ausphantasieren: Kommissarin Schmidts Blick in die 'Kofferbombe'. *Seit Tagen löchern meine Mistreiterinnen mich, was denn nun in dem Koffer sei. Bin gespannt auf ihre Hypothesen.*

Die Hunsrück-Zeitung *wird morgen schlagzeilen:* Polizeieinsatz entpuppt sich als falscher Alarm. *So oder so ähnlich, vermute ich.*

Und ich gehe mit Beatrice jede Wette ein, dass Corinna Schmidt uns bald wieder die Ehre geben wird.

Der Kofferinhalt könnte überdies Karl Kaul motivieren, unserem Club beizutreten und so Minago wieder zum Quartett zu komplettieren – und mit dazu beizutragen, für mein schriftstellerisches Werk den Stoff zu liefern, den sie alle, Minago und das Umfeld, leben.

Kapitel 2

Minago

Während sich die KTU daranmacht, den codegesicherten Koffer zu öffnen, überrascht Leonhard Aron, ein pensionierter Gymnasiallehrer, Minago, seinen Club rüstiger Senioren, der es sich zur Aufgabe gemacht hat, ungelöste brisante Kriminalfälle aufzuklären, mit einer Frage.

„Welche Annahmen liegen eigentlich einer Verschwörungstheorie zugrunde? Nehmen wir Corona als Beispiel."

„Mhm", grübelt Beatrice. „Laborversuche in Wuhan etwa. Nichts ereignet sich grundlos."

„Du meinst, nichts geschieht zufällig?", hakt Annemie, eine pensionierte Grundschullehrerin, nach.

„Genau. Aber dem Grund ist man bislang nicht auf die Spur gekommen. Der pandemiebedingte Kontrollverlust ist individuell kaum auszuhalten. Das hast du, das habe ich, das haben wir leidvoll erfahren müssen. Warum aber verweigern manche den Faktencheck? Stochern stattdessen im Nebel. Eingebunden ins Gruppenkollektiv einer Netznische, werden sie empfänglich für scheinplausible Erklärungen."

„Und folgern daraus, nichts sei so, wie es scheint", grübelt Annemie. „Corona-Maßnahmen, um ein Beispiel zu nennen, seien nur ein Vorwand, um bürgerliche Grundrechte einzuschränken. Impfungen seien ein weltweites Massenexperiment mit fragwürdigem Ausgang, ein verantwortungsloser kollektiver Laborversuch."

„Den Nebel zu durchstoßen hieße demnach, zu erkennen, was wirklich ist?"

„Daran sind Anhänger von Verschwörungsmythen jedoch nicht interessiert, Beatrice. Also setzen sie alles daran, fortwährend Nebelkerzen zu zünden", erklärt Leonhard und fährt fort: „Einige dieser Nebelkerzen haben als wohlfeile Beigabe die Unterstellung, alles hänge insgeheim mit allem zusammen. Leute wie Bill Gates verfolgten im Geheimbund mit Politik, Medien und Wissenschaft ausgeklügelte Pläne, um die Welt zu beherrschen."

Er schlägt die FAZ vom 21.12.21 auf und liest vor: „Kardinal G.L. Müller, von 2012 bis 2017 Präfekt der römischen Glaubenskongregation, damit oberster Wächter über die katholische Lehre, behauptet, hinter den Maßnahmen gegen die Pandemie stecke eine finanzkräftige Elite, Leute, die, auf dem Thron ihres Reichtums sitzend, die Gelegenheit nutzten, die Menschen jetzt gleichzuschalten, einer totalen Kontrolle zu unterziehen, einen Überwachungsstaat zu etablieren."

„Kein Wunder, dass jährlich Zehntausende der katholischen Kirche den Rücken kehren", sagt Beatrice kopfschüttelnd.

„Ein probates Mittel sei", ergänzt Leonhard und legt die Zeitung beiseite, „die Menschen durch Impfungen zu chippen."

„Versteh ich nicht", murrt Annemie.

„Na ja", erklärt Leonhard, „mit der Impfung bekämen wir einen Microchip implantiert, mit dem man uns steuern könne."

„Was für ein Science-Fiction-Blödsinn!"

„Kann man wohl sagen", schließt sich Annemie Beatrice` empörtem Ausruf an.

„Da fällt mir eine kuriose Geschichte aus dem achtzehnten Jahrhundert ein; die hatte man uns Studenten seinerzeit in einer medizingeschichtlichen Vorlesung erzählt", berichtet Beatrice Winter. „Nun, in Südengland hatte eine Dienstmagd, ihren Namen habe ich vergessen, Kaninchen zur Welt gebracht."

„Willst du uns vergackeiern?", entrüstet sich Annemie.

„Keineswegs", sagt Beatrice schmunzelnd, `vergackeiern` hat übrigens etwas im Zusammenhang mit der Theorie vom `mütterlichen Eindruck`, die damals in aller Munde war."

„Erzähl!", drängt Leonhard.

„Die Theorie behauptete, starke emotionale Reize könnten bei Schwangeren zur Missbildung von Föten führen. Die Dienstmagd hatte verlautbart, während einer früheren Schwangerschaft bei der Feldarbeit ein Kaninchen gefangen zu haben, das sie mit Heißhunger verspeist habe. In der Folge habe sie eine Fehlgeburt erlitten. Seither habe sie unentwegt an Kaninchen denken müssen. Die Geschichte machte die Runde und sorgte dafür, dass

Kaninchenfleisch nicht mehr gegessen wurde. Bis der Schwindel aufflog und man die Magd gerichtlich belangte."

„Fake News haben eine lange Geschichte", seufzt Leonhard, um anschließend seinen Gedankengang fortzuführen: „Verquirlt man verquaste Annahmen zu einem Theoriebrei, quillt der mit der Zeit auf. Dann bedarf es nur noch des Magnets mysteriöser Wortgirlanden, um willfährige Gefolgschaft anzuziehen."

„Die sorgt dann im geschützten Raum sogenannter sozialer Medien dafür, dass die Verschwörungsspirale sich weiterdreht und stetig Fahrt aufnimmt", seufzt Beatrice. „Toxische Plattformen verschaffen gesellschaftlich nicht akzeptierten Meinungen Reichweite. Solche Plattformen sind Pipelines für Halbwahrheiten, Falschnachrichten, Hetze und Demagogie. Trittbrettfahrer erkennen ihre Chance und springen auf den Zug. Sie hoffen, so eigene Interessen zu realisieren, ökonomische oder weltanschauliche."

„So könnte es funktionieren", sinniert Leonhard.

Worauf willst du hinaus?, tadeln ihn ungläubige Blicke seiner Mitstreiterinnen.

„Hängen wir die Geschichte einige Etagen tiefer, Beatrice. Ich darf dich an deine Entdeckung erinnern."

„Die Ströher-Fälschung *Selbstbildnis mit Pickelhaube*", raunt sie.

„Muss ich das verstehen?", rätselt Annemie.

„Nein, natürlich nicht", räumt Leonhard ein. „Drum zünde ich jetzt mal eine Nebelkerze namens Otto Dix."

„Aha!", entfährt es Beatrice. *„Selbstportrait als Schießscheibe*, oder?"

„Ich verstehe nur Bahnhof", grummelt Annemie hör- und sichtbar genervt.

„Nach 1871 trug die deutsche Nationalseele Pickelhaube. Unter der fühlte sich Karl Friedrich Ströher Jahrzehnte später ebenso unwohl wie Otto Dix", belehrt Leonhard, Annemies Verärgerung ignorierend. „Die Selbstporträts der beiden Künstler kann ich nur so lesen."

Einmal Lehrer, immer Lehrer, denkt sich Beatrice, bin gleichwohl gespannt, welchen Bogen er aufspannen wird.

„Der Frieden, der sowohl 1871 als auch 1918 mit Krieg erkauft wurde, steht heute wieder auf wackligen Beinen. Die russische

Kriegspropaganda bagatellisiert den völkerrechtswidrigen Angriffskrieg gegen das Brudervolk in der Ukraine als `militärische Spezialoperation´."

„Klingt nach chirurgischem Eingriff in ein krankes Körperteil", kommentiert Ärztin Winter.

Leonhard hebt anerkennend eine Augenbraue, bevor er weiter doziert: „Gegen das nazistisch Böse, das Krebsgschwür im Appendix des Sowjetkörpers namens Ukraine, so die geschichtsklitternde Pseudolegitimation, sei die Entnazifizierung unabdingbar, zum Schutz des großrussischen Volkes, zur proaktiven Selbstverteidigung gegen den vom Westen aggressiv aufgerüsteten Nachbarn."

„Wo ist der Bezug zu deinem Thema, Leonhard?", mäkelt Annemie.

„Hier ist er, Frau Kollegin", antwortet er, süffisant grinsend.

„Über den Messenger-Dienst Telegram verbreitet man haarsträubende Bildkollagen: Deutschen Spitzenpolitikern wird ein verwandtschaftlicher Nazibezug angedichtet, um sie zu verunglimpfen."

„Beispiel?", fragen die beiden Zuhörerinnen wie aus einem Mund.

„Bundeskanzler Olaf Scholz` Porträt ist in Kombination mit Fritz von Scholz zu sehen, sein vermeintlicher Großvater. Der war Generalleutnant der Waffen-SS, starb 1944 und hinterließ nachweislich keine Kinder. Die Großeltern unsres Bundeskanzlers stammen aus Hamburg und waren Eisenbahnbeamte. Der Nazi-Scherge wurde im tschechischen Pilsen geboren und lebte am Wörthersee."

„Was Dumpfbacken im Netz natürlich nicht recherchieren werden."

„So ist es, Annemie", bestätigt Leonhard. „Getreu Arnfried Astels Aphorismus: „Jeder Wurf ins Wasser ist ein Volltreffer. Die Zielscheibe stellt sich ein."

„Namensähnlichkeiten reichen aus", vermutet Beatrice.

„Das bestätigt ein weiteres Beispiel", sagt Leonhard. „Das Porträt unseres Gesundheitsministers wird mit dem Konterfei des stellvertretenden Reichsjugendführers der Hitlerjugend Hartmann Lauterbacher als vermeintlichem Großvater kombiniert."

„Die das machen, sollten ihre Phantasie in Romanen austoben", meint Beatrice augenzwinkernd in Richtung Leonhard. „Da richten absurde Figurenkombinationen ebenso wenig Schaden an wie das literarische Spiel mit Original und Kopie, oder?"

„Dein Wort in Lesers Ohr", knurrt er.

Kapitel 3

Und nun?

Unter strenger Beobachtung von Hauptkommissarin Corinna Schmidt klappt man den Kofferdeckel auf und ... staunt nicht schlecht: zerfetztes Zeitungspapier. Schlagzeilen springen ins Auge: *Massaker von Butscha, Gräueltaten an ukrainischen Zivilisten, Putins Schlächter.* Man kippt den Inhalt auf einen Tisch; dabei fällt ein Gegenstand in einem Briefkuvert zu Boden. Darauf steht: *Nichts ist, wie es scheint.* In dem Umschlag befinden sich ein Schließfach-Schlüssel und eine Gedichtstrophe.

Die Nacht

Aus ihrem Schlaf erwacht,
kriecht aus dem Wald die Nacht.
Sie löscht die Farben des Tages,
wirft Schatten - das war es.

„Will uns jemand auf die Schippe nehmen", entrüstet sich ein KTU-Beamter.

Hauptkommissarin Schmidt packt den Inhalt in den Koffer und verabschiedet sich wortlos. Ihr schwant, dass hinter dem Schildbürgerstreich eine ernste Sache stecken könnte; und dass Minago seine Finger im Spiel haben könnte. Sie ist indes erfahren genug, nicht nur auf diese Fährte zu setzen. Falko, den neunmalklugen Reporter der Hunsrück-Zeitung, fertigt sie mit dem Hinweis auf ein laufendes Ermittlungsverfahren ab und nimmt dabei eine unschöne Schlagzeile im Lokalteil des Folgetags in Kauf: *Polizei in Simmern ausgetrickst?*

Kollege Oberkommissar Bachmann hat bei der Recherche in den Banken Simmerns Erfolg. Mit richterlicher Genehmigung wird ihm ein Schließfach in der Hunsrück-Bank geöffnet, das die Kopie eines Selbstporträts des Hunsrückmalers Friedrich Karl

Ströher aufbewahrt, *Selbstbildnis mit Pickelhaube* betitelt; dazu einen Brief, dessen Inhalt für Furore sorgen wird.

Die Anfangsstrophe des Gedichts *Die Nacht* erscheint den Ermittlern nun in einem neuen Licht. Nicht zuletzt, weil die beiden abschließenden Verse der Schlussstrophe des gleichnamigen Gedichts, verfasst von einem heute weitgehend unbekannten Modeautor des neunzehnten Jahrhunderts namens Hermann von Gilm zu Rosenegg, den Brief beenden:

O die Nacht, mir bangt, sie stehle
Dich mir auch.

„Die Nacht als erschreckender Akteur der Finsternis 'löscht die Farben`, heißt es", stellt Oberkommissarin Wunderlich fest. „Die Aussage haben wir wohl auf das Ströher-Gemälde zu beziehen, oder?"

„Könnte sein, Beate", meint Cornna Schmidt. „Vielleicht aber nicht nur darauf", raunt sie. „Was ist da gelöscht worden?"

„Oder ausgelöscht?", fragt Jörg Bachmann nachdenklich in die Runde.

„Oder wurde nur etwas übertüncht?", grübelt Corinna. „Der Briefschreiber legt das nahe. Welches Original?"

„Jedenfalls eines, das einen besonderen Wert hat. Nur dann wird ein Schuh daraus, oder?", fragt Beate.

„Der Maler des Orginals wäre dann aber wohl kaum Ströher", vermutet Kommissar Lukas Castor, „für dessen Bilder werden vergleichsweise moderate Preise aufgerufen."

„Nämlich?"

„Na ja, fünf- bis zehntausend Euro, von seinen zwei, drei Topgemälden mal abgesehen."

„Woher weißt du das?"

„Hab da meine Quellen", geheimnist er.

„Die Schlussverse des Gilm-Gedichts geben mir zu denken", beendet die Soko-Chefin das Geplänkel der Kollegen. „Bedroht die Nacht auch und besonders ein Du?"

„Nehmen wir mal an, wir müssten den ganzen Zauber ernstnehmen", schaltet sich Jörg Bachmann ein und fährt sich mit der Rechten über die Glatze. „Nur unter der Voraussetzung sind wir als

Kripo-Ermittler gegebenenfalls im Spiel. Wovon haben wir dann auszugehen?"

„Fakt ist, dass bei der Entführung einer uns bislang unbekannten jungen Frau auf einem öffentlichen Platz, also unter den Augen von Zeugen, eine Drohkulisse inszeniert wurde, die sich auf den ersten Blick als harmloser Koffer mit dubiosen Kunstverweisen entpuppt."

„So weit so gut, Lukas", sagt Beate und fährt fort: „In dem Brief ist von einem Ströher-Bild die Rede, vermutlich das Selbstporträt, hinter dem sich ein wertvolles Kunstwerk verbergen könnte, dessen Maler in einer anderen Liga als Ströher gespielt haben dürfte. Ein Gedichtfragment, dessen Teilautorschaft ebenfalls unklar ist, bringt die Themen Nacht und Tod ins Spiel, die mit dem Ströher-Bild über die Pickelhaube hinaus irgendwie in Verbindung gebracht werden."

„Wie hängen die Entführung und die vom Kofferinhalt provozierten Vermutungen, die wir angestellt haben, zusammen?"

„Gute Frage, Jörg", sagt seine Chefin, „ich werde sie Minago stellen. Ihr erinnert euch?"

„Das Senioren-Trio ´ermittelt` wieder?", fragt er grinsend.

„Und ist, wie wir haben erfahren müssen, nicht zu unterschätzen."

„Na dann", sagt, nein ächzt Beate Wunderlich, „bis zur nächsten finalen Autorenlesung Herrn Arons im Schloss."

Kapitel 4

Kooperation?

„Wir haben einen neuen Fall", wendet sich Schmidt, nachdem sie Annemies selbstgebackenen Streuselkuchen genossen und gelobt hat, an Aron. „Der trägt Ihre Handschrift."

„Oh", sagt Leonhard, „da sind wir aber mal gespannt."

Annemie und Beatrice ergänzen nickend: „Sind wir."

„Erneut geht es um ein Gemälde unseres Hunsrückmalers Friedrich Karl Ströher", sagt Corinna, „aber da sage ich Ihnen ja nichts Neues, oder?"

„Na ja", antwortet Beatrice, „dass in der Ströher-Dauerausstellung bis vor kurzem eine Fälschung hing, das ist mir im Malkurs bei Karl Kaul aufgefallen. Man hat das Bild sogleich aus dem Verkehr gezogen ..."

„Und nun ist es unter merkwürdigen Umständen wieder aufgetaucht. Weil die Wahrheit nicht unterzukriegen ist?"

In die Pause hinein, die Schmidt einlegt, merkt Annemie an: „Bin neugierig."

Corinna fragt sich nicht zum ersten Mal, ob sie ausgebufften Schauspielern gegenübersitzt oder ob Minago tatsächlich ahnungslos ist. Sie entscheidet sich, mit offenem Visier zu operieren, räuspert sich und fragt: „Sie haben von der Koffergeschichte und der Entführung gestern Morgen auf dem Schlossplatz gehört?"

„Kein Ruhmesblatt für die Polizei."

„Sagt wer?"

„Falko von der HZ."

„Ich bitte Sie, Herr Aron."

„Geschenkt", räumt er grinsend ein.

„Nun, ich mach`s kurz. Der Kofferinhalt hat uns eine Kopie vom *Selbstbildnis mit Pickelhaube* beschert. Soll ich sagen: immerhin oder nur? Wie dem auch sei, ich erinnerte mich an Ihre Autorenlesung im Schloss, Herr Aron."

„Oh, das freut mich", säuselt er.

„Sie erwähnten beiläufig Otto Dix' *Selbstportrait als Schießscheibe*", sagt die Kommissarin, die leichte Ironie ignorierend.

„Ich erinnere mich."

„Das kostbare Stück gibt beziehungsweise gab es zweifach. Dix modifizierte seinen Erstling aus dem Jahre 1915 ein Jahr später. Diese Überarbeitung ist aber seit Jahrzehnten wie von der Bildfläche verschwunden."

„Eine Kommissarin gibt Minago kunstgeschichtlichen Nachhilfeunterricht", sagt Beatrice. „Wenn das kein Grund zum Anstoßen ist."

Bei diesen Worten zaubert sie eine Flasche Hengstenberg trocken aus ihrer Tasche, um sie zu entkorken. Annemie hat flugs vier Sektgläser besorgt.

„Dienstschluss", sagt Schmidt beim Blick auf die Uhr lächelnd, „okay."

„Ströher und Dix also", grummelt Leonhard. „Eine Fälschung des Originals oder eine Kopie und die verschwundene Schießscheibenvariante II. Steile These, was Sie vermuten, Frau Hauptkommissarin."

„Damit auch ich es verstehe", meldet sich Annemie pikiert zu Wort, „Sie gehen davon aus, dass die Ströher-Fälschung irgendwie mit dem Dix-Porträt zusammenhängt? Wie kommen Sie denn darauf?"

„Der Kunstmarkt, liebe Frau Weimar", sagt Schmidt, „wartet mit so mancher Überraschung auf. Nicht selten hat das pekuniäre Gründe."

„Aha?"

„Friedrich Karl Ströher und Otto Dix hatten sich im Krieg kennengelernt."

„Jetzt wird`s interessant", bemerkt Beatrice. „Dix als Stichwortgeber für Ströher? Vorbild für sein *Selbstporträt mit Stahlhelm* aus dem Jahr 1917?"

„Nicht auszuschließen. Wenngleich Dix' derb proletarischer Humor, der seine Selbstkarikaturen prägt, Ströher eher fremd blieb. Die verschattende Hunsrück-Melancholie, wenn Sie verstehen, was ich meine."

„Der deistische Anarchist hat den Fuß nicht in die marxistische Ideologiekathedrale gesetzt", sagt Beatrice.

„Deist? Hm. Keine Ahnung. Wie dem auch sei", sagt Corinna, „es gibt Hinweise, dass Dix seine Überarbeitung Ströher geschenkt hat. Wann und wo ist allerdings unklar." „Und Ströher hätte sie dann selbst überarbeitet? Das glaube ich nun wirklich nicht."

„Nicht Ströher, Frau Doktor Winter", sagt Schmidt. „Sie selbst haben das doch im Malkurs Kaul, wie sie vorhin sagten, bezweifelt." „Hm! Wer könnte wo, wann und wie das geschenkte Bildnis in die Hand bekommen haben, um es dann ... ja was denn? Zu übermalen? Mit welcher Absicht? Vielleicht, fällt mir gerade ein, vielleicht wurde die Rückseite des Dix bearbeitet. Warum", grübelt sie, „warum haben wir nicht diese Möglichkeit in Betracht gezogen? Das Bild blieb im Rahmen. Geld- und Materialknappheit damals?"

„Vielleicht wurde die Leinwand mit Ströhers *Selbstbildnis* von einem Kunstignoranten einfach auf ein herumliegendes Stück Karton mit Dix` *Selbstportrait* aufgezogen", spekuliert Annemie.

„Geldwerte Ressourcenbeschaffung heute", knurrt Leonhard Aron.

„Fragen, die sich auch uns stellen", stimmt Schmidt zu. Dabei schaut sie ihn mit einem Blick an, der zu sagen scheint: Ich verstehe Ihre politische Anspielung. Sie ist aber gerade nicht unser Thema.

„Wir?"

„Erneut ein kreativer Wettstreit?"

„Verkündet Corinna Schmidt - oder die Hauptkommissarin?"

„Wenn es nur um die Bilder ginge, eher Ersteres, Herr Aron", räumt sie mit dem Anflug eines Lächelns ein. „In Verbindung mit der Entführung aber Letzteres. Irgendetwas scheint da aus dem Ruder gelaufen zu sein."

Mit diesem nebulösen Hinweis, der Leonhard nachdenklich stimmt, verabschiedet sie sich.

Kapitel 5

Böse Überraschung

Elias Marlow tigert im Zimmer des Hotels Bergschlösschen hin und her. Ungeduldig wartet er auf Emilie. Der Klingelton seines Smartphones schreckt ihn aus wirren Gedanken auf.

Hallo Elias,
danke für deine Unterstützung. Emelie geht es gut – und so soll es auch bleiben, oder? Es liegt an dir: die beiden van Goghs *und Ströhers* Pickelhaube. *Übergabemodalitäten in Kürze. Alternativ fünfzigtausend Euro. Mertin und seine Ströher-Gemeinde würden sich freuen.*

Kreidebleich sinkt er in den zerschlissenen Hotelzimmersessel. Seine vage Ahnung hat ihn nicht getäuscht. Wie in Trance macht er sich auf den Weg zu Aron. ...

Leonhard schaut ihm entgeistert ins Gesicht, als er die erpresserische Droh-Mail gelesen hat.

„Der rabiate Zugriff des maskierten Entführers hat mich schon irritiert", stammelt er. „Wen hattet Ihr engagiert?"

„Einen weitläufigen Bekannten von einem Mainzer Sicherheitsdienst", sagt Elias. „Der fand die Sache cool und meinte, er habe da zwei Mitarbeiter, die das könnten und sich gerne was dazu verdienen wollten."

Der väterliche Freund legt Elias die Hand auf die Schulter und rät:

„Bevor ich Kommissarin Schmidt einschalte, solltest du deinen Bekannten kontaktieren, Elias."

Sogleich wählt er dessen Rufnummer. Der AB springt an. Elias bittet um Rückruf.

„Ich habe Angst um Emilie", sagt er.

„Natürlich, aber wir müssen etwas Geduld haben. Hm. Teil dem Erpresser mit, du möchtest ein Lebenszeichen von Emelie."

„Ich habe weder fünfzigtausend Euro noch besitze ich eine *Pickelhaube* Ströhers", sagt Elias, bemüht, seine Gedanken zu sortieren.

„Die Entführer wissen um unsere Verbindung", antwortet Leonhard. „Unsere Vermutung, dass sich hinter der *Pickelhaube* das wertvolle Original eines bekannten Künstlers verbergen könnte, wird auf unheilvolle Weise indirekt bestätigt."

In gebotener Kürze informiert Aron Marlow über die Zusammenhänge.

„Die Schlossplatz-Action hast du also initiert, um deine Story als Lifestream loszutreten?", stellt Elias konsterniert fest.

Leonhard zuckt mit den Schultern.

„Wer konnte denn an eine tatsächliche Entführung denken? Mir ist völlig schleierhaft, wie Wildfremde um die Hintergründe Bescheid wissen können."

„Wer wusste denn Bescheid?"

„In Andeutungen nur Beatrice und Annemie. Und für die beiden lege ich meine Hand ins Feuer. ... Was wusste Emilie?"

„Die kannte nur ihre Rolle, mehr nicht. Fand sie witzig."

„Wer ist mit deiner Technikerfindung vertraut?"

Bei dieser Frage schießen Elias` Brauen hoch.

„Zwei Mainzer Kommilitonen. Wir haben Leonardo gemeinsam entwickelt."

„Leonardo?"

„So heißt unser zweibeiniger Lauf- und Flugroboter."

„Und für die beiden kannst du deine Hand ins Feuer legen?"

„Ehrlich gesagt, nein."

„Wie das?"

„Tim ist ein intelligenter Hallodri. Tom ist eifersüchtig. Er ist immer noch in Emilie verliebt?"

„Seine Ex?"

„Ja."

„ Etwa einsneunzig?"

„Könnte hinkommen."

„Der maskierte Entführer?"

Leonhards Vermutung treibt Elias die Zornesröte ins Gesicht.

„Der hat meine Rufnummer. Die haben nur wenige."

„Jobt er nebenher?"

„Hin und wieder."

„Beim Sicherheitsdienst?"

„ Keine Ahnung. Ständig hat er Geldnöte."

„Ruf ihn an!"

„Hallo Tom, alles im Lot?"

„Aha … Okay … Bis dann."

Leonhard schaut verdattert drein.

„Er sei im Stress. Das Patentamt habe zeitnah Zusatzinfos für Leonardo angefordert. Er hätte mich diesbezüglich ohnehin kontaktiert. Wir müssten uns dringend am Nachmittag treffen. Er komme nach Simmern. Die zugesagten Fördermittel des Verteigungsministeriums hängen vom Patent ab."

„Ich versteh nur Bahnhof", sagt Leonhard.

„Ich erklär dir die Sache später, okay?", meint Elias.

„Liegen wir falsch? Oder ist dieser Tom ein gewiefter Hund?"

„Werd`s herausfinden", verspricht Elias, „ ich mach mich auf die Socken, Leonhard; melde mich."

Als Elias hinausgeeilt ist, kommt Kater Murr aus seinem Versteck gekrochen und reibt sich schnurrend an Leonhards Bein.

„Die Dinge haben Fahrt aufgenommen, Murr", grummelt er. „Hoffentlich nicht in Richtung Abgrund."

Der Kater blinzelt ihn an, sein Schwanz schwingt wie ein Taktstock, der Techno-Musik dirigiert.

Er setzt sich an den Schreibtisch, um die Ereignisse festzuhalten.

Ist Elias allzu naiv?

Die Frage unterstreicht er und fügt hinzu: *Irrt er sich vielleicht auch in Emilie? Welche Beziehungsleichen hat die im Keller? Was führt sie im Schilde?*

Irritiert trommelt er Minago zusammen, hofft auf die intuitive Intelligenz seiner Mitstreiterinnen.

Elias, zurück im Hotel, wundert sich, Stimmen zu hören, als er mit dem Schlüssel in der Hand vor dem Zimmer steht. Hat er vergessen, den Fernseher auszuschalten? Er öffnet und wird von einer Lachsalve empfangen. Emilie liegt auf dem Bett und amüsiert sich angesichts Loriots Tolpatschigkeit in einem Sketch, den eines der Dritten Programme ausstrahlt.

„Wo warst du?", ruft sie ihm entgegen.

„Das wollte ich dich gerade fragen."

Kapitel 6

Entwarnung?

Corinna traut ihren Augen nicht: „Ist das Emilie ?"
Gemeinsam mit Beate verfolgt sie die Zufallsaufnahme, die der Kamerafrau der Hochzeitgesellschaft geglückt ist. Für den Bruchteil einer Sekunde huscht das verwackelte Brunnenbild über den Bildschirm.
„Nochmal zurück und ... stop! ... Tatsächlich." Sie eilt in ihr Büro, zückt das Smartphone und wählt Emilies Nummer. Mit offenem Mund schaut Beate ihr nach.
„Emilie Reichow."
Die gutgelaunte Stimme verschlägt Corinna die Sprache. Sie holt tief Luft, dann sagt sie: „Tolle Zirkusnummer."
„Hallo Corinna, schön mal wieder von dir zu hören", flötet es zurück.
„Wir dachten, die Frau vor dem Brunnen am Schlossplatz sei entführt worden."
„Wovon redest du?"
Corinna verschlägt es die Stimme. Sie holt tief Luft, um dann in wenigen Worten Emilie mitzuteilen, was die zweifelsohne ohnehin wissen müsste.
„Was hab ich damit zu tun?"
„Ich bitte Dich! Es gibt eine Aufnahme von dir, Emilie!", weist Kommissarin Schmidt sie zurecht.
„So, so."
„Komm vorbei und schau sie dir an."
„Weder Zeit noch Bock darauf."
„Dann muss ich dich vorladen."
„Tu`s."
„Emelie! Emelie?"
Corinna knallt kopfschüttelnd das Smartphone auf den Tisch. Sie ärgert sich maßlos, muss sich indes eingestehen, dass der Stachel Emilie immer noch tief in ihrem Leben steckt. Aus leidvoller

Erfahrung weiß sie aber um die Fähigkeit dieser Schlange, zu erkennen, wie andere ihr bereitwillig Macht überlassen. Nicht noch einmal will sie das Gefühl von Unterwürfigkeit riskieren, das verführerischerweise mit einem Hoffnungsschimmer überzuckert gewesen ist. Nicht noch einmal!, hat sie sich geschworen.

Wunderlich klopft an die Glastür und öffnet nach einem Fingerzeig der Chefin die Tür.

„Lade bitte umgehend Emilie Reichow zwecks Zeugenbefragung ein, Beate! Übermorgen um neun Uhr hier ins Präsidium! Ich möchte, dass du dabei bist."

Auf das Fragezeichen in Wunderlichs Blick antwortet Corinna aufgebracht: „Die leugnet es doch tatsächlich. Das schlägt dem Fass den Boden aus."

„Komm runter, Corinna. Du solltest mir die Befragung überlassen."

Corinna lässt den Bleistift auf der Tischplatte tanzen und fährt sich mit der Zunge über die Unterlippe.

„Hast ja Recht, Beate", knurrt sie. ... „Okay."

„Eine billige Inszenierung, auf die wir reingefallen sind", ärgert sich Wunderlich, als sie Minuten später mit zwei Tassen Kaffee erneut Schmidts Büro aufsucht.

„Falko wird sich die Hände reiben und seine Schlagzeile wiederholen, diesmal ohne Fragezeichen", murrt Corinna. „Wir müssen uns wappnen. Nur wie?"

„Warten wir ab, was Reichow zu sagen hat", beschwichtigt Wunderlich.

„Ich könnte wetten, das Affentheater geht auf Minagos Konto."

„Da könnte Emilie wichtig werden, oder?"

„Vielleicht auch Elias Marlow, ihr Lover", kommt es Corinna spöttisch-verkniffen über die Lippen.

„Soll ich den auch vorladen?"

Schmidt lässt die warme Kaffeetasse zwischen ihren Händen kreisen, die Stirn in Falten gelegt.

„Warum eigentlich nicht", sagt sie.

„Eine Stunde später?"

„Passt. Die Befragung führe dann ich. Marlow studiert übrigens Elektrotechnik in Mainz, Beate."

„Fachhochschule, vermute ich. Ich höre mich da mal um."

„Nicht nötig", wird sie von Lukas unterbrochen, der die letzten Sätze aufgeschnappt hat. „Elias Marlow hat mit zwei Kommilitonen einen kombinierten Sprung-, Lauf- und Flugroboter entwickelt. Sie sind dabei, sich die Drohne patentieren zu lassen."

Er zeigt zum Standbild auf dem Computerbildschirm seiner Chefin. „Das Teufelsding heißt 'Leonardo'."

„Die Kamerafrau", wechselt Corinna abrupt das Thema, „vielleicht sollten wir auch die mal befragen."

„Wozu?", wundert sich Beate. „Die hat zufällig mit einem Schwenk die fragliche Szene aufs Bild gebannt."

„Mit der Kategorie Zufall sollten wir uns nicht anfreunden, Beate", springt Lukas der Chefin bei. „Die Dame zu befragen kann nicht schaden. Ich werde sie kontaktieren, Corinna, okay?"

„Mach das, Lukas", sagt sie, in Gedanken versunken.

Kapitel 7

Wendepunkt?

„Eindeutig Sie!", erklärt Ermittlerin Wunderlich, Emilie Reichow fixierend, und schiebt der Zeugin den Abzug des Standbilds, das man der verwackelten Aufnahme der Kamerafrau abgewonnen hat, über den Tisch zu.

„Na ja, eindeutig ist was anderes", lacht Emilie, neongrüne Plisseehose, feuerrote Fingernägel; sie wirft den Kopf in den Nacken; schelmische Löckchen baumeln unter aufgestecktem Haar hin und her.

„Warum haben Sie abgestritten, die Person auf dem Bild zu sein?", lässt sich die Kommissarin nicht beirren.

„Habe ich?"

Emilies forscher Blick richtet sich auf Corinna: „Da musst du etwas missverstanden haben, meine Liebe."

Eine steile Doppelfalte bildet sich über Corinnas Nasenwurzel.

Mit einem süffisanten Lächeln überreicht Zeugin Reichow Wunderlich einen Stick mit den Worten: „Schauen Sie selbst, Frau Kommissarin. Auch du, Corinna!"

...

Aus der Vogelperspektive schaut man auf einen zweibeinigen Roboter, der mit einem Koffer auf eine Person vor dem Schloss-Brunnen zustakst. Per Zoom wird das Maschinenwesen größer und größer. Als es den Koffer abstellt, sieht man, dass es der jungen Frau, eindeutig Emilie Reichow, bis zur Hüfte reicht. Der umgekehrte Zeitlupen-Zoom zeigt, wie der Roboter abhebt und zur Drohne mutiert. Die nachfolgende Entführungsszene evoziert Assoziationen an ein Computerspiel. Abschließend ein Panoramablick über den Schlossplatz.

„Ein Werbespot für Elias` Erfindung. Demnächst bei Youtube."

Die Augen triumphieren hinter der kosmetischen Verkleidung ihres Kindgesichts.

„Wozu die Entführungsnummer?"

„Aufmerksamkeitssteigerung durch Action? Generiert Klicks und damit Kohle?"

Beate sucht den Blickkontakt ihrer Chefin, die den Mund verzieht. Was Emilie anscheinend zu einer Erklärung provoziert:„Notwendig, wenn Fördermittel ausbleiben. Die das Verteidigungsministerium bereits zugesagt hatte."

„Was meinst du damit?", platzt es aus Corinna heraus.

„Tja", sagt Emilie, „Lehrgeld gezahlt. Man sollte nicht auf einen Monopolnachfrager setzen. Vor allem nicht in Zeiten wie diesen."

Wunderlich räuspert sich und sagt: „Sie können gehen, Frau Reichow."

Mit einem schnippischen „Hat mich gefreut." verabschiedet sich die Zeugin, ohne Corinna eines Blickes zu würdigen.

„Was für ein Reinfall!", entfährt es ihr, „verdammt und zugenäht."

„Und nachher noch Elias Marlow!", stöhnt Beate Wunderlich.

„Nichts ist, wie es scheint", raunt Schmidt.

„Was meinte sie mit zugesagten Mitteln des Verteidigungsministerims, Corinna?"

„Vielleicht sah man dort Anwendungsgebiete für Leonardo, etwa dort, wo es für Soldaten zu gefährlich ist. Große Nachfrage zur Zeit."

„Wie dem auch sei, das Kartenhaus unserer Hypothesen wackelt bedenklich, oder?"

„Wir müssen unsere Annahmen überprüfen", antwortet ihre Chefin resolut. Insgeheim gesteht sie sich allerdings ein, im aktuellen Fall vorerst außen vor zu sein. Die Sache fordert augenscheinlich keinen kriminalpolizeilichen Einsatz. Als Privatperson Corinna S. will sie sich dafür umso mehr einbringen. Sie wird Minago wieder zum Quartett komplettieren, so ihr Vorsatz. Leonhard Aron und seine Mitstreiterinnen werden sie bestimmt willkommen heißen. Sie beschließt, sich auf die neue Aufgabe zu freuen - und sich ab sofort jeweils den späten Mittwochnachmittag für Minago zu reservieren.

Vergeblich versucht Beate Wunderlich hinter den Schleier, der sich vor Corinnas Augen geschoben hat, zu schauen. …

Gut, dass Jörg seinen nüchternen Blick bewahrt hat, denkt sie, als ihr Partner am Abend launig prophezeit: „Keine Sorge, Beate. Corinnas Realitätssinn ist nur für kurze Zeit ausgeblendet." Ihrem fragenden Blick begegnet er mit dem Hinweis: „Ich kenne sie, gut und lange genug."

Kapitel 8

Besuch im Minago-Club

Leonhard staunt nicht schlecht, als Corinna Schmidt ohne Vorankündigung beim regulären Minago-Termin aufkreuzt. Gerade hat er Annemie und Beatrice eine Kopie der Erpresser-Mail an Elias ausgehändigt.

„Bin neugierig, wie Sie die Sache einschätzen, Frau Hauptkommissarin", sagt er und reicht kurzentschlossen auch ihr ein Exemplar.

„Der Auftakt, ich meine das ʼDanke für deine Unterstützung!ʻ kann doch wohl nur ironisch gemeint sein, oder?"

„Vor allem", schließt sich Beatrice Annemies Einschätzung an, „weil der Folgesatz eindeutig als Drohung zu verstehen ist."

„Soweit kann ich folgen", sagt Corinna, „dann aber wirdʼs für mich rätselhaft. Welche van Goghs? Warum fünfzigtausend Euro? Wieso sollten sich Mertin und seine Ströher-Gemeinde freuen? Was weiß der Absender, was wir, äh, was ich nicht weiß?"

Ohne es zu wollen, ja geradezu entgegen ihrer Absicht findet Corinna sich nun doch in ihrer Ermittlerrolle wieder, gepaart mit dem bekannt unguten Gefühl, dass Minago ihr gegenüber nicht mit offenen Karten spielt.

Leonhard schaut, die Stirn gerunzelt, in die Runde und seufzt: „Tja!"

„Hinter der behaupteten Freude des Ströher-Fanclubs", grübelt Beatrice, „steckt vielleicht die Vermutung, dass die geforderten Gemälde nicht herausgerückt werden, so dass für die Stiftung noch Hoffnung besteht."

„Mag sein. Die genannte Euro-Summe halte ich allerdings für völlig aus der Luft gegriffen."

„Es sei denn, unsere Hypothese mit Dixʼ Selbstporträt träfe zu, Annemie", räsoniert Leonhard. „Dann müsste die Summe indes deutlich höher ausfallen."

„Dann wunderte ich mich allerdings, woher der Mail-Absender davon Wind bekommen haben sollte", gibt Beatrice zu bedenken.

„Jedenfalls ist Emilie in Gefahr", sagt Corinna, verschweigt aber deren Zeugenbefragung. „Weiß Aron davon?", fragt sie sich, als sie seinen spöttischen Blick aus zusammengekniffenen Augen registriert.

In dem Moment meldet sich Melissa, der Signalton ihres Diensthandys, was ihr ermöglicht, sich schlankweg zu verabschieden. ...

„Die Sache mit den van Goghs hat sie nicht auf dem Schirm", murmelt Leonhard.

„Wir auch nicht", wird er von Beatrice zurechtgewiesen.

„Dabei bleibt es auch", antwortet er barsch.

„Kein Vertrauen zu uns?", mokiert sich Annemie.

„Darum geht es nicht."

„Worum dann, Leonhard?", fragt Beatrice leicht gereizt.

„Um ein Versprechen, das ich einhalten werde", erklärt er. „Vorerst", schränkt er ein. Siedendheiß fällt ihm ein, dass er seinem neuen Nachbarn Christian Ströher andeutungsweise von der Sache erzählt hat. Könnte der die Mail lanciert haben? Mit welcher Absicht? Was könnte er bezwecken? Wie könnte er an Elias' Mailadresse gekommen sein?

„Wäre schön, wenn du uns an deinen Überlegungen teilhaben ließest, Leonhard", wird er von Beatrice aus seinen Gedanken gerissen.

„Hast ja Recht", räumt er ein. „Gebt mir bis morgen Zeit, mir etwas Klarheit zu verschaffen und jemanden zu fragen, ob ich euch einweihen darf. Okay?"

Auf dem Weg ins Präsidium simst Corinna: „Emilie, du bist in Gefahr. Ruf mich an, wenn du Näheres wissen möchtest."

Sie ist sich nicht sicher, ob nur Besorgnis sie zu dieser SMS veranlasst hat.

Kapitel 9

Der Knabe in Blau

Am Abend läutet er bei dem neuen Nachbarn Ströher. Dessen Stieftochter Mara öffnet, kaum dass Aron die Finger von der Klingel genommen hat. Anscheinend hat sie jemanden erwartet und streift ihn mit missmutigem Blick.

„Für dich, Christian", ruft sie unwirsch und lässt den ungebetenen Gast trotz Nieselregens vor der offenen Tür stehen. Ströher eilt herbei und bittet ihn mit Handschlag, einzutreten.

„Hast du ein paar Minuten Zeit, Christian?"

„Für dich immer", sagt er aufgeräumt, führt ihn ins Wohnzimmer und bittet ihn Platz zu nehmen. „Trifft sich gut", sagt er und offeriert Leonhard einen Tesch-Spätburgunder: „Hab mich heute in Langenlonsheim damit eingedeckt." Er öffnet die Flasche und kredenzt ihm ein Glas: „Zum Wohl."

„Tolle Blume", lobt Aron, „mit dem werde ich meine Minago-Frauen demnächst überraschen. Die lieben halbtrockene Rotweine."

Ströher schiebt ihm mit dem Hinweis „Geheimtip" ein Tesch-Prospekt zu.

„Was macht übrigens deine Stieftochter Mara. Die wirkte genervt, als sie mir öffnete?"

„Sorgen", sagt Ströher. „Ein Stubenhocker sondersgleichen. Behauptet, sie verdiene als Influenzerin genug Kohle. Kann sein. Hab keine Zeit, mich auch noch darum zu kümmern. Justus braucht mich mehr. Schulische Probleme, weißt du."

„Wenn ich mal helfen kann, gerne", bietet Leonhard an. „Hab ja mal in dem Beruf gearbeitet, allerdings nicht in der Grundschule."

„Dann zapfe ich deine Hilfe gerne an, wenn er nächstes Jahr, so Gott will, zum Gymnasium geht."

„Mach das. ... Was ist übrigens aus dem anonymen Angebot geworden, die beiden Ströher-Gemälde meine ich?"

Christian nimmt eine Fernbedienung zur Hand und zeigt mit strahlenden Augen zur Stirnseite des Raumes. Eine Wandverkleidung schiebt sich geräuschlos zur Seite. Leonhards Weinglas bleibt in der Luft stehen.

„Der Knabe in Blau bei Sonnenuntergang", murmelt er entgeistert.

„Nicht so teuer wie die Irmenacher Bäuerinnen bei der Heuernte", sagt Christian und ..."

„... keine Hehlerei", ergänzt Leonhard anerkennend. „Der Verkäufer?"

„Ein Anonymus", sagt Christian, „Zahlungsabwicklung via Bitcoins."

„Gratuliere", sagt Leonhard und ein schräges Grinsen huscht über sein Gesicht, bevor er mit dem neuen Besitzer des bislang als verschollen geltenden Ströher-Gemäldes anstößt.

„Der Anfang meiner Sammlung", raunt Christian Ströher. „Du hast mich auf den Geschmack gebracht, Leonhard."

Zurück in seiner Schreibstube, notiert Leonhard, mit gespitzten Ohren und stechendem Blick beobachtet von Kater Murr, ins Tagebuch: „Der Knabe in Blau passt so gar nicht in des Nachbarn steril-funktionales Ambiente. Zwei Generationen übersprungen, landet der Knabe unweit von Irmenach in einer völlig fremden Welt. Unter der Hand ist er dort zu einem Abziehbild seiner selbst verzwergt, so traurig schaut er drein. Der nette Informatiker Ströher sollte ihn digitalisieren und als Avatar in einem virtuellen Zukunftszirkus auftreten lassen.

Als Original gebührt dem Knaben in Blau hingegen ein Platz in der Ströher-Sammlung des Heimatmuseums. Nach Charlotte Ströhers Ableben, Gott hab sie selig, sollte des Hunsrückmalers Nachlass nicht erneut dem Blick der Öffentlichkeit entzogen werden. Das Publikum hat ein Recht auf Ströher. Nur so kann er zu ´unserem Ströher` werden.

Der Hebel, Christian Ströher an seine Wurzeln zu erinnern und einen Perspektivwechsel vorzunehmen, könnte Justus sein, sein Sohn. Mal sehen, was ich in der Nachhilfe ausrichten kann."

Kapitel 10

Minago

„Die neue Umgebung des *Knaben in Blau* gefällt mir gar nicht", mäkelt Leonhard, „Großraumbüro-Atmosphäre." Überrascht fragt Beatrice: „Habe ich richtig gehört, der *Knabe in Blau?*"

„So ist es, Nachbar Christian Ströher hat ihn von einem anonymen Verkäufer, wie er sagt, erstanden, deutlich günstiger als die *Irmenacher Bäuerinnen*, zudem keine Hehlerware."

„Wenn ich mir vorstelle, dass der *Knabe* lange Jahre in einer urigen Bauernstube hing und jetzt als Trophäe die kalte Wand eines sterilen Großraums ziert, dann kann ich deinen Ärger verstehen", sagt Annemie, die sich gut an die Geschichte des Bildes erinnert, die ihr eine alte Frau in Irmenach erzählte.

„Geärgert habe ich mich obendrein, dass ich selber, wie Christian lobend erwähnte, den Anstoß zum Kauf des Bildes gegeben habe."

„Hilft nichts", stellt Beatrice klar, „der *Knabe* hat ein neues 'Zuhause' gefunden."

„Was ich ändern werde", erklärt Leonhard entschlossen.

„Willst du die Micha-Marlow-Nummer abziehen?", frotzelt Beatrice.

„Gewiss nicht", entgegnet Leonhard, „ich wage den Umweg über Justus, Christians Sohn."

„Aha?", ertönt es im Doppelklang.

„Dem werde ich wohl demnächst Nachhilfe erteilen, unter anderem in Deutsch. Ströhers *Knabe in Blau* als Übungsobjekt. Ihr wisst, worauf ich hinauswill?"

„Deine manipulative Ader kennen wir zur Genüge", antwortet Annemie schmunzelnd und Beatrice nickt.

„Wir kennen übrigens den anonymen Verkäufer des Bildes", erwähnt Leonhard beiläufig.

„Ist nicht wahr!", entfährt es Beatrice.

„Auch einen Tee?"

Leonhard lässt die Kanne kreisen und kostet die Neugier, die seine Ankündigung ausgelöst hat, genüsslich aus.

„Nun sag schon!", drängt Annemie.

„Keine Vermutung?"

„Lass die Katze aus dem Sack!", fordert Beatrice ihn auf.

„Nun denn", sagt er, schlürft den Tee und verkündet: „Elias Marlow."

„Wie das?", stammelt Annemie.

„Die *Irmenacher Bäuerinnen* und den *Knaben in Blau* hat sein Vater ihm hinterlassen. Der hatte sie von seinem Bruder Michael Marlow kurz vor dessen Tod zur Aufbewahrung erhalten."

„Die van Goghs?"

Leonhard nickt. „Dein vager Verdacht war allzu berechtigt, Annemie. Die van Gogh-Reproduktionen waren bloße Tarnung."

„Die *Irmenacher Bäuerinnen* hatte Michael Marlow aus dem Museum gestohlen", sagt Beatrice. „Doch wie kam er in den Besitz des *Knaben in Blau*?"

„In der Sache kam Han Wu ins Spiel, dem wahrscheinlich bei dem seinerzeitigen Hausbrand das Gemälde unerwartet in die Hände fiel. Warum und wie Michael ihm das Bild abspenstig machte, das ist mir noch unklar. Eines der Geheimnisse, die er mit ins Grab genommen hat."

„All das hast du die ganze Zeit gewusst?", wundert sich Beatrice.

Leonhard gesteht kleinlaut: „Das war ich Gunther schuldig, vor allem aber Elias, seinem Sohn. Fragt mich bitte nicht, warum. Eine durch und durch emotionale Kiste."

„Und du hast die Öffentlichkeit, inklusive der Polizei im Glauben gelassen, die Gemälde seien mit Han Wu und Christians Frau Julia in Ubud auf Bali gelandet."

„So ist es, Beatrice. Eine charmante Idee, nicht wahr?"

„Für dich als Romanautor vielleicht", moniert sie.

„Ich vermute allerdings, dass Kommissarin Schmidt etwas geahnt hat."

„Wie das?"

„Die hat gewusst, dass Elias seinem Onkel beim nächtlichen Ausstieg aus dem Schloss behilflich war", informiert Leonhard.

„Und hat es verschwiegen. Elias hat es mir vor Kurzem gebeichtet. Hat wohl etwas mit seiner Freundin Emilie zu tun. Die war mal beste Freundin von Corinna Schmidt."

„Es menschelt an allen Ecken und Enden", seufzt Beatrice.

„Das gibt mir Kater Murr tagtäglich zu verstehen."

„Werd nicht albern, Leonhard!"

„Keineswegs, Beatrice. Murrs weisem Blick entgeht nichts. Lies E.T.A. Hoffmann, lies R.M. Rilke."

Was sich liebt, das neckt sich, schmunzelt Annemie in sich hinein.

Kapitel 11

Einbrecher?

Gegen neunzehn Uhr, sein Nachbar Christian ist mit Justus zum Martinszug unterwegs, steht Leonhard an dem von Nässe streifigen Fenster seines Appartements in der Seniorenresidenz am Simmerbach. Plötzlich sieht er, wie eine Person, ob Mann oder Frau ist wegen des Nebels nicht auszumachen, die Mauer zum gegenüberliegenden Ströher-Grundstück überwindet und geduckt im Schatten der Straßenbeleuchtung rechtsseitig an dem dunklen Haus Richtung Rückseite vorbeihuscht.

Ein Einbrecher?, fragt er sich und überlegt, ob er die Polizei informieren sollte, beschließt aber, abzuwarten. Nach einigen Minuten, vielleicht fünf, nimmt er im Fenster des ihm bekannten Wohnzimmers im Erdgeschoss für einen Moment einen bewegten Schatten im flackernden Licht einer Taschenlampe wahr.

Der Polizistin am Telefon berichtet er, was er gerade beobachtet hat. Sie versichert ihm, schnellstmöglich einen Streifenwagen vorbeizuschicken. Er solle weiter beobachten, aber sich selbst nicht in Gefahr begeben.

Wenige Minuten später fährt er vor, ohne Blaulicht oder Sirene. Im Ströher-Haus ist es nach wie vor dunkel. Die beiden Beamten, ein Mann und eine Frau, drücken mehrfach die Klingel an der Toreinfahrt; nichts geschieht. Leonhard beobachtet, wie sie sich über die Umgrenzungsmauer quälen, um dann vorsichtig nach links beziehungsweise nach rechts das Haus zu umrunden. Da wird die Vordertür aufgerissen und eine hagere Gestalt in einem dunklen Kapuzenpullover stürzt heraus, erklimmt die Mauer und verschwindet im Halbdunkel. Leonhard reißt das Fenster zum Balkon auf und ruft den Polizisten, die gerade wieder auftauchen, zu, der Eindringling - oder wer auch immer - sei soeben durch die Vordertür enteilt. Während der Polizist zur Toreinfahrt rennt, schaut seine Kollegin durch die sperrangelweit offenstehende Tür und ruft hinein. Das Licht im Eingangsbereich geht an. Mara im Jogginganzug, Kopfhörer um den Hals, schlurft heraus und grinst der Polizistin ins Gesicht. ...

Wie von Geisterhand betätigt, schnurrt das Eingangstor zur Seite. Nach einem knappen Wortwechsel verlassen die Beamten das Gelände, sprechen vor dem Streifenwagen kurz miteinander und überqueren die Straße. Eine geschlagene Minute später klingeln sie an Leonhards Wohnungstür.

„Sie haben die Polizei informiert, Herr Aron?", sagt die Polizistin mehr, als dass sie fragt.

Er nickt.

Ihr Kollege will wissen, was genau er beobachtet habe.

Er berichtet, eine Person mit dunklem Hoodie sei über die Mauer auf das Ströher-Gelände gelangt und habe sich zur Hinterseite des Hauses gepirscht. Den Schatten der Gestalt habe er danach für einen Moment durch das Wohnzimmerfenster gesehen. Als sie, die Polizisten, das Gebäude umrundeten, sei die Person aus der Eingangstür gestürzt und davongeeilt.

„Hatte er sich sogleich zur Hinterseite geschlichen oder vorher an der Haustür geklopft oder geklingelt?"

„Er?", fragt Leonhard die Polizistin, die im Gesicht rot anläuft.

Sie räuspert sich und sagt: „Sie, die Person."

„Ich habe Ihnen berichtet, was ich gesehen habe", erklärt Leonhard.

„Eine genauere Beschreibung wäre hilfreich", meint der Polizist.

Leonhard zeigt zum Fenster hinaus und sagt: „Bei dem Nebel und der Dunkelheit? Ich bitte Sie. Obendrein sind meine Augen nicht mehr die besten."

„Können Sie uns etwas zu der jungen Frau sagen, die mit den Kopfhörern meine ich?", fragt die Polizistin, die sich wieder gefangen zu haben scheint.

„Hm. Mara, eine zickige Influenzerin. Nur wenig jünger als Sie, denke ich."

„Es gibt Gerüchte", raunt der Kollege. „Die passen irgendwie zu dem Auftritt, den sie hingelegt hat."

„Seit wann operiert die Polizei mit Gerüchten?", verleiht Leonhard seiner Verwunderung Ausdruck.

Die beiden Polizisten wechseln Blicke. „Waren Sie nicht verwundert, als diese Mara plötzlich in der Tür stand?", fragt der Polizist lauernd.

„Schon, Ich glaubte, sie sei mit ihrem Stiefvater und dessen Sohn beim Martinszug." ...

Leonhard tigert in seinem Arbeitszimmer hin und her. Er entkorkt eine Flasche Rotwein, schenkt sich ein, setzt sich an den Schreibtisch und prostet Murr zu, der buckelnd vom Fenstersims aus zu ihm herüberschaut. Katzentisch eben.

Minutiös notiert er, was sich am Abend ereignet hat. Dabei wird für ihn, den Hobbyfahnder, die vage Vermutung mehr und mehr zur Gewissheit: Elias. Warum ist er in Ströhers Haus eingedrungen? Wollte er sich den *Knaben in Blau* zurückholen? Seinen Onkel Michael Marlow kopieren? Nein, das passte nicht zu Elias. Kriminelle Energie hat der Junge nicht. Da ist Leonhard sich sicher. Es muss etwas mit Mara zu tun haben. Vielleicht mit deren Influenzer-Tätigkeit? Was treibt sie da überhaupt? Spielt vielleicht Elias` Leonardo dabei eine Rolle?

Er hätte die Polizisten doch nach den Gerüchten fragen sollen; er hätte von seinem hohen Ross heruntersteigen, sich einen Ruck geben müssen. Was meinte der Polizist mit dem nebulösen Hinweis, Maras Auftritt habe zu den kursierenden Gerüchten gepasst? Den sarkastischen Unterton hatte er sehr wohl registriert. Mit seiner ironiegewürzten rhetorischen Frage, die ihm wie ein Konter herausgerutscht war, hatte er dafür gesorgt, dass man ihn anschließend im Regen stehen ließ.

Mara zu fragen, kann er sich abschminken. Da glaubt er sich sicher zu sein. Die hat ihn bereits mehrfach abblitzen lassen. Es bleibt ihm nichts anderes übrig, als den Stier bei den Hörnern zu packen. Elias wird ihm, dem väterlichen Freund, der den Polizisten nicht mehr als unbedingt nötig gesagt hat, Rede und Antwort stehen. Hofft er zumindest.

Kapitel 12

Eintagsfliege und andere Geschöpfe

Lange hat Kater Murr seinen Herrn beobachtet. Gelegentlich taucht eine Beatrice bei ihnen auf. „Tut beiden gut", schnurrt er vor sich hin, Murr, der gelehrige Schüler.

Sein zartes schwarzbestrumpftes Pfötchen hat es dem Schnee auf den Dachziegeln anvertraut.

Treffen sich zwei Wärmepflaster.

Fragt das eine: „Klebst du nur oder wärmst du schon?"
„Nicht mehr", sagt das andere.
„Nur noch kleben", sagt das eine, „ist kein Leben."
Sagt das andere: „Eintagsfliege eben."
„Stimmt", sagt das eine, „wir wärmen uns zu Tode."
„Tagsdrauf", sagt das andere, "sind wir aus der Mode."

Rotweißer Plastikglanz
lockte mit heißem Tanz.
Hüfte und auch Rücken
ließen sich verzücken.

Hoffnungsumhüllt
wurde es vermüllt.
Wohlfühlzone?
Die Aussicht war nicht ohne.

Doch statt der Sonne
wartete die Tonne:
Wärmepflasters Grab.
Darin der kalte Sarg.

Dichter Murr, zurück auf seinem Lieblingsplatz am wärmenden Ofen, ärgert sich über eine Fliege, die, anders als ihresgleichen, in großem Bogen das todbringende gelbklebrige Fliegenpapier an der Decke neben dem Fenster umkurvt hat, um anschließend Murrs Nase zu umschwirren. Seinen patscherten Abwehrversuchen weicht sie geschickt aus. Leonhard findet eine Weile Gefallen an dem Kampfspiel, bis er ein Einsehen hat und Murr erlöst. Die Fliege in der hohlen Linken, will er gerade das Fenster öffnen, da klatscht unvermittelt nasskalter Schneeregen gegen die Scheibe. Behutsam trägt er die Fliege zurück, um sie achselzuckend behutsam auf Murrs Fell zu platzieren.

Um Ausgleich bemüht, stöbert er im Bücherregal und findet recht bald, was er gesucht hat.

„Murr, hör er zu. Das Gedicht eines Berufskollegen. Karl Philipp Moritz schrieb es vor zweihundertvierzig Jahren:

Die empfindsame Schöne

Dort, wo in der Dämmrung heil`gen Schatten.
Sich holde Phantasien gatten,
Sanft trauernder Melancholie;
An jenem schauervollen Platze,
Wo einsam unterm silbern Mond
Die feierliche Stille wohnt,
Beweint Selinde – ihre Katze.

Könnte sein, erläutert er Murr, der ihn aus zusammengekniffenen Augen anstarrt, dass Moritz auf eine Legende über Petrarca anspielte: Der habe die nach seinem Tod mumifiziert beigesetzte

Katze mehr geliebt als seine unentwegt poetisch besungene Ehefrau Laura."

Wenn Beatrice das wüsste!, grübelt Murr schnurrend.

Im selben Moment entdeckt er eine vorwitzige Maus, die es auf die Eintagsfliege abgesehen hat. Mit einem Hechtsprung treibt er die Maus in die Ecke, wo sie die Wahl hat zwischen Falle und Stubentiger. „Du hättest nur die Laufrichtung ändern müssen", spricht er und schnappt zu.

Der tragische Poet August von Platen fand 1858 bei seinem Besuch im Haus des Frührenaissance-Kollegen Petrarca zwar keine Katzenmumie, wohl aber das Skelett einer Katze und notierte: „Heil dir, kleines Skelett, das einst die unsterblichen Rollen eines unsterblichen Mannes gegen die Mäuse geschützt."

Die Katze als Verteidiger der Bücher gegen die hässlichen Nager adelte der Literaturnobelpreisträger Anatole France in einer Ode an seinen Kater Hamilkar: „O schlafsüchtiger Fürst der Bücherburg, nächtlicher Wächter. ... Du verweist in deiner Person den furchtbaren Anblick eines tartarischen Kriegers mit der lässigen Grazie einer orientalischen Frau."

Kapitel 13

Mara

Er war ihr aufgefallen. Weil sie ihm nicht aufgefallen war. Der Rotgelockten, die ihn begleitete, allerdings schon. Blitzschnell hatte sie die Gefahr erspürt. Er hingegen war erwartungsgemäß in die Falle getappt. Wenigstens das hatte die Rotgelockte nicht verhindern können. Ein Triumpf? Keineswegs. Bald schon hatte er sich befreit. Um zurückzukehren. Nicht in die Falle, beileibe nicht. Nein, in die selbstgewählte Abhängigkeit. Weil sie zu ihm gehörte. Lange, fast sein ganzes Leben lang hatte er das, was ihm schwante, nicht wahrhaben wollen. Sie hatte es sofort verstanden. Weil sie ähnlich gestrickt ist – war? Wörter und Sätze, die er sagte, hätten auch ihren Mund verlassen können. Der aber war lange, allzu lange verschlossen geblieben. Er hatte ihn geöffnet - und nicht nur ihren Mund.

Sie schaute in den Spiegel: Eine ihr unbekannte Frau blickte sie an. Hatte sie diese Frau tatsächlich noch nie gesehen? Sie war sich sicher: Dies war keine optische Täuschung. Dies war der Wink ihres Schicksals. Nur so konnte das Ich-Du-Wir eine Existenzberechtigung haben und – eine Chance.

War das auch ihm bewusst?

Jeder Ton, jede Silbe, jedes Ja und jedes Nein, jedes Vielleicht, jeder Satz, jeder Unterton, jeder Augenaufschlag oder das Gegenteil, jede Handbewegung, jedes Tun oder Lassen musste sich von nun an vor dieser Frage behaupten: sekündlich, minütlich, stündlich, täglich, immer und immer wieder.

„Sisyphos, Jeanne d`Arc, Greta, Herkules, ja selbst Maria und Jesus hätten vor diesem Berg Respekt gehabt", seufzt Doktor Dürf, der Mara entgeistert, aber mitfühlend anschaut.

„Sehen Sie", sagt sie, „deshalb sitze ich hier."

Er lehnt sich zurück, faltet die Hände, führt sie vor Mund und Nase und sagt: „Nun gut. versuchen wir`s."

Hat Leonhard Aron also Recht mit seiner Empfehlung?, geht es Mara durch den Kopf.

Sie verabschiedet sich mit einem Lächeln von Doktor Dürf, der ihr nachdenklich hinterherschaut. Auf seine alten Tage solch eine Aufgabe! Es hatte so kommen müssen. Golfen war und ist nicht sein Ding.

Kapitel 14

Selbstbezichtigung

„Sie wollten mich sprechen?"
Hauptkommissarin Schmidts Augen fixieren die blasse junge Frau, die, ihr im Büro der Polizeiinspektion Simmern gegenübersitzend, dem Blickkontakt standhält.
„Emilie Reichow?"
Die Frage klingt nach.
Corinnas Augen schießen hoch. Doch sie antwortet nicht.
In das knisternde Schweigen hinein, das einen Moment in der Luft hängt, kullern vier Wörter: wie Legoklötzchen, eines nach dem anderen; sie fallen auf den Tisch, der die beiden Frauen separiert: „Ich habe sie getötet."
Stirnrunzelnd greift die erfahrene Polizistin zum Telefon: „Jörg, bitte in mein Büro, sofort."
Wortlos hält sie Blickkontakt zu der jungen Frau, die sie ausdruckslos anstarrt.
Mit einem flüchtigen Klopfen geht die Tür auf und Schmidt bedeutet dem Kollegen, neben ihr Platz zu nehmen.
„Würden Sie bitte wiederholen, was sie gerade gesagt haben, Frau Ströher!", fordert sie Mara auf.
„Ich habe sie getötet."
Erneut purzelt ein Legowort nach dem anderen aus dem schmallippigen Mund der hageren Frau.
„Mit ´sie` meinen Sie Emilie Reichow, richtig?"
Mara nickt, ohne eine Regung zu zeigen.
Ohne mit der Wimper zu zucken, fragt Kommissar Bachmann routiniert: „Wann, wo, wie, warum?"
„Ich weiß es nicht", tropfen einzelne Wörter von ihren Lippen.
Die Kommissare wechseln Blicke, ohne etwas zu sagen.
Nach einer langen Minute überrascht Mara. Zwei Sätze lösen sich von ihrer Zunge, als gehörten sie nicht zu ihr.

„Bin am Morgen mit einem wahnsinnigen Brummschädel auf-geschreckt. Der Gedanke ist mir durch den Kopf geschossen."
„Moment mal", hakt Bachmann nach, „Sie haben das nur geträumt?"
„Nein, nein", entgegnet Mara kopfschüttelnd. „Emilie blutend auf dem Boden, sie starrt mich an, leblos, tot."

Schmidt signalisiert Bachmann, sie müsse telefonieren, und eilt hinaus, um Emilies Nummer anzuwählen.
„Emilie Reichow", tönt es aus dem AB, „zur Zeit offline; melde mich aber baldmöglich. Bitte hinterlass Name und Nummer."
Schmidt schickt Leonhard Aron eine SMS: „Benötige dringen-den Kontakt mit Emilie, der Freundin von Elias. Es eilt!!! C.S."

Zurück in ihrem Büro, hört sie Mara einen Satz beenden: „ ... aus dem Ruder gelaufen."
Bachmann räuspert sich und wiederholt: „Sie glauben sich zu erinnern, dass es einen Streit gegeben habe. Der sei in einer gewalt-tätigen Kurzschlussreaktion Emilie Reichows geendet. Sie hätten sich gewehrt, ihre Kontrahentin geschubst und die sei ausgerutscht und unglücklicherweise mit dem Kopf auf einen Mauervorsprung geschlagen. Sie hätten eine große Blutlache vor Augen gehabt. Habe ich das korrekt zusammengefasst, Frau Ströher?"
Sie bestätigt das mit einem Kopfnicken und dem Hinweis: „Warum setzen Sie alles, was ich gesagt habe, in den Konjunktiv?"
Wie ein Automat, wundert sich Corinna. Der kennt allerdings keinen Konjunktiv. An wen erinnert mich diese seltsame Mara, verdammt nochmal?
Sie räuspert sich und fragt: „Blutlache auf dem Boden? Welcher Boden? Stein, Holz, Teppich?"
Achselzucken statt einer Antwort.
„Mauervorsprung, Blutlache. Draußen oder drinnen?"
Mara schließt die Augen, atmet hörbar ein und aus und sagt: „Friedhof?"
Sie schaut zu den beiden Ermittlern und wiederholt: „Eindeutig ein Friedhof."
„Weil?"

„Kein Mauervorsprung, nein - ein Grabstein? Emilie schlug mit dem Kopf gegen einen Grabstein. Die steinerne Grabumrandung, kein Mauervorsprung."

„Tag oder Nacht?"

„Dämmerung? Glockengeläut? Aufkommender Schneesturm? Kalt?"

Die Marotte junger Leute, ihre Aussagen als Fragen zu verkleiden, Ein kurzer Blick zu Beate, die schmunzelt, bestätigt Corinna in ihrer Einschätzung.

Ruckartig zieht Mara den Reißverschluss des gefütterten Anoraks hoch. Den hat sie nicht abgelegt. Fröstelnd verschränkt sie die Arme vor der Brust. Die zarten Flügel der zierlichen Nase zittern. Ihre kindliche Haut wirkt noch blasser als ohnehin schon.

„Waren Sie schon einmal auf diesem Friedhof?"

Sie schüttelt den Kopf.

„Irgendetwas in Erinnerung? Ein Geräusch, ein Geruch, eine Sache."

Sie schaut Bachmann in die Augen und stammelt: „Kindergeschrei?"

„Nahe oder weit weg?"

Achselzucken. Sie steckt eine Haarsträhne in den Mundwinkel und kaut nachdenklich darauf herum.

Schmidt schaltet sich ein: „Dämmerung, Martinszug?"

Bachmann nickt. Nun verlässt er den Raum, um nach wenigen Minuten zurückzukommen und mitzuteilen: „Tatsächlich, in Willmerod führte gestern Abend der Martinszug am Friedhof vorbei."

„Wir fahren jetzt gemeinsam dorthin, Frau Ströher!", ordnet Corinna, ohne zu zögern, an.

Eine halbe Stunde später stapfen sie durch den Schnee, der sich in der vergangenen Nacht über die Gräber des Willmeroder Gottesackers gelegt hat. Johannes Simon, der gerade die Kirchentüre abschließt und sich umwendet, geht auf sie zu und ruft: „Du schon wieder, Corinna? Hallo Herr Kommissar! Und ...?"

„Frau Ströher, Mara Ströher", stellt Corinna die junge Frau vor.

„Sozusagen Hausherr und Platzwart in einem", ergänzt Bachmann.

„Gut, dass wir dich antreffen Johannes", sagt Corinna. „Ist dir gestern Abend irgendetwas Besonderes aufgefallen. Ich meine hier auf deinem Friedhof?"

Aus zusammengekniffenen Augen fixiert der Pfarrer Maras dunkelblauen Anorak.

„Du meinst während des Martinszugs?"

Corinna hebt die Augenbrauen.

„Kommt mal mit", grummelt er.

Vor einem blitzblanken Grab bleibt er stehen und sagt: „ Als wir im Zug unseren Friedhof passierten, standen hier zwei Frauen. Ich meine", er kratzt sich am Hinterkopf, bevor er weiterredet, „ich meine, die eine trug so einen Anorak wie Sie, Frau Ströher. Seien Sie doch so freundlich und stülpen sich mal kurz die Kapuze über."

Mara tut es, ohne zu zögern.

„Genau so", sagt er.

Bachmann wischt den frischen Schnee von der Grabsteininschrift:

Michael Marlow
6.11.1962 – 11.11.2021

Kapitel 15

Soko *Leonardo*

„Ein Friedhofsbesuch, drei Hinweise", sagt die Soko-Chefin, als sie am Nachmittag ihr Team im Polizeipräsidium um sich versammelt hat. „Tatsächlich Blutspuren auf dem Grab. Die KTU konnte sie sichern. Gott sei dank. Bin gespannt, ob sie Emilie Reichow zugeordnet werden können", erläutert Bachmann und fährt fort: „Zwei Frauen vor dem Grab des Kunsträubers Michael Marlow, eine war wahrscheinlich Mara Ströher."

„Glaubwürdig ihre Amnesie? Oder haben wir es erneut mit einer bühnenreifen Nummer zu tun?"

„Schwer zu sagen, Beate", antwortet Corinna.

Sie hat unbedingt mit dir sprechen wollen, Corinna."

„Was willst du damit sagen?", braust ihre Chefin unvermittelt auf und erntet Beates leicht spöttischen Blick.

„Ich weiß, was du denkst. Wer sollte ihr davon erzählt haben? Ich bitte dich."

„Elias?"

„Wie kommst du denn auf den?"

„Er könnte nach dem Bericht der Kollegen der Eindringling in das Ströher-Haus gewesen sein."

„Schön, dass auch ich davon erfahre."

Beate zuckt mit den Achseln.

„Was sollte er dort gewollt haben?"

„Ich weiß es nicht."

„Warum sollte gerade er einer Mara Ströher etwas gesteckt haben?"

„Erneut: Ich weiß es nicht."

„Könntet Ihr uns mal verraten, wa da gerade zwischen euch abgeht?", grantelt Jörg und reibt sich heftig über die Glatze.

„Jetzt nicht!", blafft seine Chefin.

„Ich unterstelle mal, dass Emilie und Mara die zwei Frauen an Michael Marlows Grab waren", wechselt Lukas das Thema, auch um die Situation zu beruhigen. „Was führte sie zu Marlows Grab? Warum kam es dort zu einer Auseinandersetzung, die möglicherweise tödlich endete?"

„Ich komplettiere deinen Katalog, Lukas", sagt Oberkommissarin Beate Wunderlich. „Hätte Mara mit ihrer Selbstbezichtigung Recht, stellten sich zumindest drei weitere Fragen: Wo ist die Leiche? Wer hat sie weggeschafft? Wohin? Die zerbrechliche Mara bestimmt nicht. Die scheint mir übrigens magersüchtig zu sein."

„Der Schlüssel zu alldem liegt anscheinend auf Willmerods Friedhof begraben", rätselt Oberkommissar Jörg Bachmann. „Nicht zum ersten Mal in unserer Fahndungshistorie, oder?"

„Pfarrer Simon wird mehr und mehr zu unserem Co-Ermittler", raunt Kommissar Lukas Castor.

„Verstehe", sagt Hauptkommissarin Corinna Schmidt augenzwinkernd, mittlerweile wieder bei sich. „Ich werde meinem Freund Johannes einen Besuch abstatten. Er wird uns vermutlich überraschen, oder?"

„Darauf würde ich wetten", sagt Wunderlich schmunzelnd.

Da meldet sich Melissa:

Emelie nicht zu erreichen. Elias ist sehr besorgt wegen der Droh-SMS. Leonhard

Corinna informiert ihr Team.

„Der Knabe in Blau", raunt Jörg und schaut in die Fragezeichen, die er in die Augen seiner Mitstreiter gezeichnet hat. „Deine Frage Corinna, was Elias im Ströher-Haus gesucht haben könnte."

„Ich halte eher eine irgendwie geartete Verbindung zu dieser mysteriösen Mara Ströher für wahrscheinlich", rätselt Corinna, „vielleicht auch beides. Wie dem auch sei. Wir bewegen uns gerade wieder einmal auf dem dünnen Eis der Spekulation", sagt sie.

„Da helfen nur Fakten", fordert Lukas.

Im selben Moment meldet sich erneut Melissa. Corinna wischt über das Display und ihre Stirn legt sich in Falten. Sie zeigt die Nachricht her und sagt mit zittriger Stimme: „Zweifelsfrei Emilies Blut."

„Muss nichts heißen", beruhigt Beate, „kann eine harmlose Schürfwunde gewesen sein."

„Wären da nicht die Drohung und die Tatsache, dass Emilie Reichow von der Bildfläche verschwunden ist. Nicht zu vergessen: Maras Selbstanzeige."

„Die ich bezweifle", knurrt Jörg, „die Frau ist nicht zurechnungsfähig, wenn Ihr mich fragt."

„Ohne Leiche keine Tote", bringt Lukas die Sache auf den Punkt. „Deshalb haben wir es nicht mit einem Tötungsdelikt zu tun. Zumindest nach bisherigem Stand der Ermittlungen. Sonst hättest du diese Mara in Untersuchungshaft genommen, oder?"

Corinna nickt und sagt beiläufig: „Keine Fluchtgefahr."

Wenig später sitzt sie mit Kollegin Wunderlich Mara Ströher gegenüber, die sie zum Verhör einbestellt haben. Auf dem Friedhof war der blassen Hageren tags zuvor schlecht geworden, so dass man von einer Befragung vor Ort absehen musste.

„Sie waren vorgestern gegen achtzehn Uhr auf dem Friedhof in Willmerod am Grab Michael Marlows."

Gesenkten Blickes nimmt die Zeugin Hauptkommissarin Schmidts Feststellung zur Kenntnis.

„Was führte Sie dorthin?"

Mara richtet sich auf, legt die gefalteten Hände auf den Tisch und sagt: „Emelie Reichow wollte ein Foto machen. Dafür sollte ich vor dem Grabstein posieren. Pietätlos, oder?"

Die beiden Kommissarinnen schauen sie entgeistert an. „Wie kommt man auf eine solch geschmacklose Idee", wundert sich Wunderlich.

„Sie wollte eine Story über Elias Marlow und seinen verstorbenen Onkel in den sozialen Medien posten."

„Was haben Sie damit zu tun?"

„Ich rühre für Emilies Freund Elias und dessen *Leonardo*-Projekt die Werbetrommel bei meinen Followern, Frau Schmidt. Auf der Schiene habe ich Emilie kennengelernt."

„Und wie eingeschätzt?"

Bei dieser Frage schaut Beate ihre Chefin aus den Augenwinkeln an.

„Zu laut, zu überkandidelt, zu ichbezogen", sagt Mara, „alles andere als sympathisch."

„Wie kam es zum Streit?", will Schmidt wissen.

„Emilie lachte mich aus, schrie mich an, ich sei eine biedere Zicke, eine verklemmte Landpomeranze, ein Wort ergab das andere, bis sie mich ohrfeigte, daraufhin schubste ich sie weg, sie rutschte aus, schlug mit dem Kopf gegen den Grabstein oder gegen die steinerne Grabumrandung, so genau weiß ich das nicht mehr, und dann das viele Blut und ich wurde ohnmächtig."

„Und als Sie wieder zu Bewusstsein kamen ..."

„... lag ich in meinem Bett", unterbricht Mara Kommissarin Wunderlich und holt tief Luft.

„Und Sie haben keine Ahnung, wer Sie dorthin gebracht hat?"

„So ist es, Filmriss."

Könnte es nicht sein, dass Emilie Sie nach Hause gebracht hat?", fragt Kommissarin Schmidt. „Ja, ist das nicht sogar wahrscheinlich?"

Mara Ströher starrt sie aus leeren Augen an und stammelt: „Emilie ist tot."

„Frau Ströher", sagt Corinna Schmidt, nachdem sie die blasse Zeugin einige Sekunden fixiert und die Akte geschlossen hat, „für Ihre Mea-Culpa-Geschichte sind wir die falsche Adresse. Suchen Sie einen Pfarrer auf oder gehen Sie zu einem Arzt."

Beate schüttelt den Kopf angesichts der fehlenden professionellen Distanz ihrer Chefin. Die düstere Fiona-Erinnerung, vermutet sie. Passt Mara ins Muster? Ist sie vielleicht auch so eine durchtriebene Schauspielerin, die Texte hersagt, die erstunken und erlogen sind?

Kaum hat Mara das Präsidium verlassen, simst sie: „Auftrag erfüllt."

Murr miaut, als der Klingelton des Smartphones den Eingang einer Nachricht signalisiert. Leonhard wischt über das Display, schaut kurz drauf und ein Lächeln huscht über sein Gesicht; er legt es zur Seite und fragt: „Murr, was würden wir tun, wenn wir nichts tun?"

Kater Murr gähnt.

„Aha!", entfährt es Leonhard. „Nun ja, auch wir, damit meine ich nicht dich, Murr, bilde dir ja nichts ein, also wir Minagoler laufen schon lange nicht mehr im Hamsterrad. Aber Nichtstun ertragen wir nicht. Drum freue ich mich, wenn die Dinge Fahrt aufnehmen, die ich angestoßen habe."

Murr spitzt die Ohren angesichts einer Amsel, die, vorm gekippten Fenster kauernd, mit dem Kopf hin und her wackelt und schreit, als wär sie losgelassen aus der Hölle; er hechtet von der Schreibtischplatte, jagt durchs Zimmer und landet mit einem mächtigen Satz auf dem Fenstersims. Doch erst als er an der Scheibe kratzt, hebt die Amsel ab.

Kapitel 16

Ein denkwürdiger Café-Besuch

Leonhard schlüpft in den Trenchcoat, schließt, nachdem Murr an ihm vorbeigeschossen ist, pfeifend das Appartement ab und eilt die Treppe hinunter, um an Beatrice' Tür zu klingeln. Seine 'Freundin' - das Wort setzt er noch in halbe Anführungszeichen - ist bereits gestiefelt und gespornt. Untergehakt spazieren sie zum Café Jung, wo er einen Fensterplatz reserviert hat.

Er lässt seinen Blick kreisen und fragt: „Was fällt dir auf?"

Beatrice' feine Nase kräuselt sich. „Kaffeeduft liegt in der Luft. Ganz schön warm hier. Nachmittagstypisch voll, die meisten etwa in unsrem Alter. Der Geräuschteppich ist dialektgewoben. Zufrieden, Herr Lehrer?"

Leonhard schmunzelt. „Nur Weiße, nur heterosexuelle Paare, keine Frau alleine am Tisch, zwei ältere Männer schon, vertieft in die Hunsrück-Zeitung, ein frauenbestücktes Kaffeekränzchen. Die meisten recht füllig, dennoch kalorienreiche Torten vor der Nase."

„Interessanterweise daddelt keiner auf einem Smartphone", beobachtet Beatrice.

„Fast so wie früher", meint Leonhard.

„Vor fünfzig Jahren gab es kein Café Jung, mein Freund", stellt Beatrice, fluchs den Hinweis aufnehmend, fest, „sehr wohl aber ein 'Café Auto', wie du dich vielleicht erinnerst."

„Wo du das Techtelmechtel mit – wie hieß der Knabe noch? Jonas, Uli oder ..."

„Ich wollte deine Eifersucht anstacheln", unterbricht ihn Beatrice.

„Was dir ja auch gelungen ist."

„Deine schroffe Reaktion hatte ich zugegebenermaßen nicht auf dem Schirm."

„Schnee von gestern", murmelt Leonhard. „Auch ein Stück Käsesahne?"

Sie nickt und er bestellt zwei Cappuccini und zwei Kuchenstücke.

„Wir können uns das leisten", sagt er.

„Die *Irmenacher Bäuerinnen* sind also noch im Besitz von Elias", denkt Beatrice unvermittelt laut nach. „Und die *Pickelhaube?*" „Vielleicht auch?" Bei diesen dahingesagten Worten erinnert Leonhard sich urplötzlich an die Entrümpelung der Nachbarvilla. Landete dabei möglicherweise ein Ströher auf dem Müll? Er fährt sich mit einer Hand durchs Haar und sagt: „Ich hab da eine vage Vermutung. Der Sache sollten wir nachgehen."

Er informiert Beatrice; die fragt: „Passt das chronolgisch? Als ich im Malkurs bei Kaul die Fälschung enttarnte, wohnte da der Christian Ströher nicht schon in dem Haus?"

„Stimmt", sagt Leonhard enttäuscht.

„Vielleicht hast du dich damals geirrt und der Ströher landete doch nicht auf dem Müll? Warum auch immer."

„So oder so, war wohl ein Missverständnis meinerseits, ein Irrtum, eine falsche Fährte."

„Warum so pessimistisch, mein Freund", sagt Beatrice, „vielleicht können wir die Fährte noch einmal aufnehmen."

„So, Ihre Käsesahne", sagt die Bedienung und serviert Kaffee und Kuchen.

„Hoffentlich erwischt uns Annemie nicht", flüstert Beatrice augenzwinkernd.

Leopold lächelt und streicht ihr liebevoll über die Hand. Sie lässt es geschehen und das Kuchengäbelchen räsonierend wie einen Taktstock in der Luft stehen: „Mutmaßlich gibt es ein spannungsgeladenes Dreiecksgeschehen zwischen drei Frauen, Leonhard."

Er schaut sie aus großen Augen an.

„Corinna Schmidt, Emilie Reichow, Mara Ströher. Die Kommissarin, die Studentenfreundin von Elias und die Influenzerin."

„Wie kommst du denn darauf?"

„Ich hab mal die Puzzlesteine zusammengesetzt. Ein Bild des Schreckens ist vor meinem inneren Auge entstanden, ein dunkles Labyrinth. Das auszuleuchten könnte unseren Fall erhellen. Die *Pickelhaube* passt irgendwie dazu, will mir scheinen."

„Du sprichst in Rätseln, meine Liebe", seufzt Leonhard.

„Das habe ich von dir gelernt, mein Lieber", sagt sie und ihre Augen lachen ihn an.

Kapitel 17

Emelie

„Auf Mara ist Verlass", notiert Emilie ins Tagebuch. Seit das Eis dünner geworden ist, auf dem sie sich bewegt, schreibt sie allabendlich auf, was sich ereignet hat, eine Art „Versicherung gegen die Unwägbarkeiten meines Lebens", wie sie dem Notar ihrer Wahl zu verstehen gegeben hat. Der weiß, wo das Tagebuch zu finden ist, im Fall der Fälle. „Maras Vollzugsmeldung hat meine Laune aufgehellt. Ich befürchtete schon, auch von der Seite könnte Sand ins Getriebe meines penibel geplanten Projekts gekommen sein. Des Öfteren traf ich Mara in letzter Zeit mit stark geweiteten Pupillen und schweißnasser Stirn an.

Die Akteure meiner Mission müssen unbedingt für eine gewisse Zeit mit meinem Ableben leben. Der Konflikt mit dem Verteidigungsministerium zwingt mich dazu, das bald anzugehen. Meine Nichtexistenz bietet Schutz; bis Gras über die Sache gewachsen ist. Der smarte blonde MAD-Oberst Karl May, sein Tarnname vermutlich, lächerlich; also Karl May, mit dem ich vor Monaten den Deal einfädelte, hat mir nach der ʹkompromittierenden Youtube-Nummerʹ, wie er sie nannte, und meinem Wink mit dem Zaunpfahl, es gäbe neben der Bundeswehr durchaus konkurrierende Interessenten, unzweideutig klargemacht, man werde sich von mir nicht auf der Nase herumtanzen lassen. Die Zeitenwende, die Putin ausgelöst habe, zwinge zu raschem, entschiedenem Handeln, da sei kein Raum mehr für Zimperlichkeiten; die Drohung habe ich auf jeden Fall ernstzunehmen. Deshalb muss ich abtauchen, zunächst jedenfalls. Übrigens könnte Karl May den Bond-Nachfolger für Daniel Craig geben. Vielleicht ist er wie sein Namensgeber, der Winnetou-Schöpfer, ohnehin ein Pseudologe, also jemand der krankhaft lügt, einer der aus Geltungssucht gerne in aufgeblasene Rollen von Phantasiegeschöpfen schlüpft. Sein schwarzer Tarnmantel, eine Zorro-Maskerade.

Mangels Leiche wird Corinna offiziell die Fahndung wohl oder übel vorerst auf Eis legen müssen. Da sie aber nach wie vor über beide Ohren in mich verliebt, will heißen von mir abhängig ist, wird sie sich in den Fall verbeißen.

Beim Verhör im Präsidium war dies unübersehbar. Um sich emotional keine Blöße zu geben, hat sie ihre Kollegin Wunderlich machen lassen; die übrigens aussieht, wie sie heißt. Ich hatte den Eindruck, dass sie ihrer Chefin beweisen wollte, wie souverän sie sei: ihr aufgesetztes 'Eindeutig Sie!' zum einstudierten Auftakt.

Vielleicht habe ich den Eindruck aber auch erst jetzt, da ich die Szene nachschreibe, die von Komik geprägt war, was ich durchaus genossen habe. Wie dem auch gewesen sei, Corinna jedenfalls war aufs äußerste angespannt und nervös. Woran sie sich erinnert haben mochte?

Elias wird bei Mara Trost suchen und finden; in der Angelegenheit habe ich vorgesorgt. Mara macht, was ich will. Sie ist Wachs in meinen Händen, ein Hündchen, das apportiert.

Tom macht mir Sorgen. Er gibt keine Ruhe. Seine sentimentale Ader. Ich habe mich mit ihm verabredet. Hoffentlich kann ich ihn überzeugen. Sonst muss ich ihn aus dem Verkehr ziehen.

Hinter dem Team Minago steht indes ein großes Fragezeichen, eine Gleichung mit drei Unbekannten. Das rüstige Trio wird nicht so schnell aufgeben. Leonhard und Beatrice sind gewiefte Privatermittler.

Allenfalls ausnahmsweise fügen sich die Dinge so wie kürzlich auf dem Schlossplatz: Maras Werbespot und Leonhards Just-in-time-Romanprojekt, eine seltene und seltsame Interessenüberlappung. Deshalb habe ich eine irreführende Fährte legen müssen. Denn anders als Mara sind Aron und seine zwei Frauen materiell nicht einzuhegen.

Die Aussicht, das Spiel zu dominieren, nur das kann zur Zeit das Ziel sein; es verlangt äußerste Umsicht, Vorsicht und Disziplin. Immer und immer wieder muss ich mir das einhämmern; ich darf sie auf keinen Fall vermasseln, die große Chance. Eigentlich eine Bond-Aufgabe mit politisch-strategischer Dimension. Schade, dass Karl May sich auf der falschen Seite tummelt. Leider habe ich es bislang verpasst, seine Schwachstelle aufzudecken. Das werde ich nachholen, umgehend. Für Elias und seine Tüftler fällt übrigens auch noch was ab. Vielleicht sollten sie an der Goldgrube in der Nähe von Bion-Tech in Mainz schon mal was anmieten. Vielleicht entfachte diese Umgebung Elias` Geschäftssinn, ein wenig zumindest. Na ja, das ist nicht meine Angelegenheit. Ich habe schon lange anderes im Sinn, Größeres. Davon wird man hören."

Kapitel 18

Ein unheilvolles Treffen

Gerade hat Emilie Reichow das Dix-Gemälde sorgfältig in ihrem Rucksack versorgt und den (falschen?) Ströher wieder aufgehängt, da platzt Tom herein. Der Dielenboden des Dachgeschosses knarzt. Wie angewurzelt bleibt er stehen und starrt sie an. „Hallo Emilie", grummelt er und fragt, warum in Gottes Namen sie ihn heimlich an diesem schummrigen Ort habe treffen wollen, umgeben von verstaubten Bildern eines sonderbaren Hunsrückmalers.

Sie zeigt auf die Ströher-Imitation, das *Selbstbildnis mit Pickelhaube*, und sagt: „Hat jemand hier für mich hinterlegt. Du bist mein Zeuge."

„Verstehe ich nicht", sagt er.

„Musst du auch nicht. Ist nur für den Fall der Fälle."

„Na ja, wenn du meinst."

„Ich habe dir zweierlei mitzuteilen", sagt sie, Tom mit verschränkten Armen gegenüberstehend, „eine private Sache und eine professionelle."

Er zieht sich einen Stuhl heran, um sich verkehrt herum niederzulassen, die schlaksigen Arme auf der Lehne.

„Leonardo ist heiß begehrt. Ihr solltet die Konkurrenz schwitzen lassen, den Preis hochtreiben."

„Du weißt, wir sind Technikfreaks, Emilie", sagt er gähnend, „Kohle interessiert uns weniger. Falls du die Vermarktung in die Hand nehmen willst, meinen Segen hast du."

„Hat Elias auch gesagt", sagt sie. „Ich hab da die eine oder andere Idee."

Tom quittiert es mit einem Achselzucken.

„Nun zum delikateren Part, dem Privaten. Ich war schwanger."

Augenblicks richtet Tom sich auf und sagt: „War? Von mir?"

„Ja. Hab`s wegmachen lassen."

„Was hast du?", entfährt es ihm und seine Brauen ziehen sich bedrohlich zusammen.

„War unabdingbar", antwortet sie kaltschnäuzig.

„Ohne mit mir darüber zu reden?", zischt er schmallippig.

„Meine Sache, Tom", stößt sie hervor, „allein meine Sache. Ich hab`s dir jetzt gesagt. Bevor Elias es dir steckt. Kein Wort mehr dazu. Basta!"

„Was bist du nur für eine kaltherzige Schlange!", braust er auf und wuchtet sich aus dem Sitz nach oben. „Ich sollte dich aus dieser Höhle in die Hölle prügeln."

Emelie scheint mit Toms aggressiver Reaktion gerechnet zu haben. Unvermittelt zückt sie ein Spray, hält es ihm entgegen und warnt ihn: „Keinen Schritt weiter!"

Höhnisch lacht er auf, sie sprüht ihm in die Augen, er torkelt und sucht Halt an einer Stellwand, die krachend umstürzt, um die Ströher, die sie getragen hat, unter sich zu begraben; er brüllt vor Schmerzen, instinktiv greift sie nach dem *Selbstbildnis mit Pickelhaube* und zieht es ihm über den Kopf; stöhnend geht er zu Boden und sie sucht das Weite.

„Wurde auch Zeit", grummelt die Dame im Touristbüro, als sie die Besucherin die Treppe herabsteigen hört. Sie löscht das Licht, schließt die Außentür, spannt den Regenschirm auf und eilt wie Emilie über den Schlossplatz Richtung Innenstadt.

Kapitel 19

Erneut Ströher

Referendarinnen des Fachs Bildende Kunst stoßen auf die Leiche als sie die Dauerausstellung Ströher im Simmerner Schloss besuchen, um ein museumspädagogisches Konzept zu entwickeln. Der großgewachsene junge Mann mit dem verstrubbelten Blondhaar und dem zerkratzten ovalen Gesicht liegt auf dem Boden hinter einer umgestürzten Staffelei; der Hals steckt im zerdepperten Holzrahmen eines zerrissenen Ölgemäldes, dessen Fetzen Schultern, Brust, untere Gesichtshälfte und Ohren drapieren. Die leeren Augen starren auf Karl Friedrich Ströhers Ölgemälde *Damenbildnis in Blau und Weiß*, das schief an der Stellwand hängt. Später wird Elias behaupten, das Bild erinnere ihn an Toms Schwester.

„Mein Gott!", stöhnt die Fachleiterin, als sie den leblosen Körper entdeckt. Abrupt schickt sie die Seminarteilnehmer hinaus. Die Museumsleiterin, die gerade zur Tür hereinkommt, informiert sofort die Polizei: „Ein Toter im Dachgeschoss des Schlosses."

Bein Anblick des Toten stößt sie den Zeigefinger in Richtung des Kopfes und raunt kopfschüttelnd: *„Selbstbildnis mit Pickelhaube."*

Minuten später treffen die Beamten ein.

„Unfassbar, die Ströher-Ausstellung im Schloss erneut Schauplatz krimineller Umtriebe!", ächzt Kommissarin Wunderlich.

„Mord und Totschlag im Museum", grummelt ihr Freund und Kollege Kommissar Bachmann und fragt die entsetzt dreinschauende Museumsleiterin: „Kennen Sie den Toten?"

„Nie gesehen", stammelt die und sucht Halt an einer Staffelei.

„Wann wurde das Museum heute Morgen geöffnet?", will Wunderlich wissen.

„Vor einer halben Stunde, neun Uhr", sagt sie.

„Dann muss die Tat in der Nacht geschehen sein. Wahrscheinlich hier."

Die Vermutung der Kommissarin wird eine halbe Stunde später von Doktor Giesen, dem Notarzt, bestätigt: „Tatort gleich

Fundort. Zwischen Mitternacht und drei Uhr. Sturz nach einem Schlag auf den Kopf."

Er zeigt auf die Beule am Hinterkopf des Toten und tippt auf die Überbleibsel des zerdepperten Bildrahmens.

„Aber daran ist er nicht gestorben."

„Aha?"

„Schauen Sie, die kleinen roten Punkte um die Augen, nadelspitze Blutungen; sie entstehen bei Innendruck durch Erwürgen. Und da am Hals die kleinen roten Halbmonde in der Haut. Genaueres nach der Obduktion", sagt er und schaut Staatsanwältin Löwenbrück an, die gerade eintrifft. Sie veranlasst sogleich das Nötige.

„Tom Malik heißt der Tote."

Die Antwort-SMS, die Bachmann soeben erhalten hat, nachdem er Minuten zuvor ein Foto der Leiche zum Datenabgleich der KTU schickte, ist überraschend schnell erfolgt: „Die Kollegen sind auf dem Weg zu euch."

Lowenbrück, eilends unterwegs zu einem wichtigen Termin, fertigt den vor dem Schloss ausharrenden Lokalreporter Falko mit der Phrase 'laufende Ermittlungen` ab.

„Wie konntet Ihr den Toten so schnell identifizieren?", wundert Bachmann sich. Ein Kollege der KTU, die mit der Spurensicherung beginnt, berichtet: „Tom Malik hat uns gestern gemeinsam mit Elias Marlow 'Leonardo` vorgeführt, einen Lauf- und Flugroboter, der uns in delikaten Situationen helfen könnte."

Wunderlich staunt: „Leonardo hat uns vor Kurzem erst düpiert."

In wenigen Worten bringt sie die Umstehenden auf den Stand der Dinge.

Schräg fallen Sonnenstrahlen auf die dunklen Bohlen des Fußbodens neben der Leiche und lassen die Pickelhaube leuchten, die auf der Kinnpartie des Toten klebt.

„Da muss jemand die Sicherung durchgebrannt sein", vermutet Bachmann.

„Affekthandlung", stimmt Wunderlich ihm zu. „Warum gerade das Bild mit der Pickelhaube? Zufall?"

„Schauen Sie", sagt die Museumsleiterin kopfschüttelnd, „das Gemälde war verschwunden, kein echter Ströher, eine Fälschung. Ich wundere mich."

„Dass es hier wieder aufgetaucht ist oder dass es zur Tatwaffe wurde?"

„Beides Herr Kommissar, beides."

„Die Rückseite der Bildfläche, merkwürdig, oder?", rätselt eine KTU-Mitarbeiterin und hält einen Leinwandfetzen hoch.

„Sie sollten einen Kunstexperten hinzuziehen", rät sie, „einen Restaurierungsfachmann. Sieht aus, als sei da etwas abgezogen worden."

„Vielleicht im doppelten Sinne", orakelt Beate Wunderlich und ihr Gefährte Jörg Bachmann nickt nachdenklich.

Kapitel 20

Minago

Wie ein Lauffeuer hat sich die Nachricht vom gewaltsam herbeigeführten Tod eines jungen Mannes in der Ströher-Dauerausstellung in Simmern verbreitet und sorgt im Städtchen für Aufregung. Auf Facebook, WhatsApp und Signal werden bereits schräge Theorien und Täterprofile lanciert, gespeist aus dünnen Fakten, Gerüchten und Ressentiments. Jemand will einen dunkelhäutigen Fassadenkletterer aus dem Dachfenster des Schlosses türmen gesehen haben; ein Killer im Auftrag einer Terrorzelle, mal linker, mal rechter Provenienz. Waffenlobbyisten hätten ihre schmutzigen Finger im Spiel; MAD, Auslandsgeheimdienst und andere zwielichtige Institutionen seien mit von der Partie.

Die Drei von Minago stecken die Köpfe zusammen. Corinna Schmidts vertrauliche SMS an Leonhard befeuert Motivation und Phantasie der Hobbyermittler. Opfer sei Elias Marlows Studienkollege Tom Malik, der Ex-Freund Emilies; Tatwaffe sei womöglich das gefälschte Ströher-Gemälde *Selbstbildnis mit Pickelhaube*, genauer gesagt: dessen wuchtiger Holzrahmen.

„Warum kreuzte dieser Mainzer Student Tom Malik in Simmern auf? Wieso gerade in der Ströher-Ausstellung? Wer hat ihm da das Licht ausgeblasen?“, fragt Annemie.

„Elias und Tom hatten sich in Simmern verabredet, das weiß ich“, berichtet Leonhard. „Patentrechtliche Fragen zu ihrer Technikerfindung ‚Leonardo‘ mussten geklärt werden. Was noch, das kann ich nicht sagen.“

Der Ex und der neue Lover Emilies, Corinnas verflossene Muse, eine brodelnde Gefühlssuppe, wenn ich es recht bedenke, geht es Beatrice durch den Kopf. Sie räuspert sich und sagt: „Wie aus dem Nichts taucht die Ströher-Fälschung wieder im Museum auf, um dort zur Tatwaffe zu mutieren, unfassbar. Zufall oder Absicht?“

„Ich habe Elias angerufen. Er wird bald eintreffen. Vielleicht kann er uns weiterhelfen", erklärt Leonhard, hintergründig lächelnd.

Bei diesen Worten öffnet sich die Tür zum Wintergarten, dem mittwöchlichen Beratungsraum von Minago, und Elias schneit herein, kreidebleich im Gesicht. Er wirft sich in die dreisitzige blaue Couch und leert das Glas, das Annemie ihm reicht, in einem Zug. „Setz dich zu uns", sagt sie, schiebt ihm ein Stück selbstgebackenen Streuselkuchen zu und versorgt ihn mit duftendem Kaffee.

„Ihr habt von Toms Tod in der Ströher-Galerie gehört?", fragt er verstört.

Leonhard nickt und will wissen, was er, Elias, ihnen in der Angelegenheit sagen kann.

„Vorgestern Nachmittag, am Morgen war ich ja bei dir, Leonhard, trafen wir uns hier in Simmern: Wir mussten wichtige Dinge in Sachen Leonardo besprechen. Im Polizeipräsidium stellten wir gestern das Projekt vor. Nebenbei erzählte mir Tom, er wolle, wenn er schon mal auf dem Hunsrück sei, endlich die Ströher-Ausstellung besuchen; von der hatte ich ihm erzählt. Emilie werde dazustoßen, falls ich keine Einwände hätte. Mir war nicht wohl bei dem Gedanken, was ich aber für mich behalten hab. Mehr weiß ich nicht."

„Du hast den Shitstorm in den sozialen Medien mitbekommen?"

„Klar. Was für ein hirnloser Müll!"

„Irgendeine Vermutung, wer Tom das angetan haben könnte?"

„Ich zerbrech mir seit Stunden den Kopf darüber, Leonhard", sagt Elias. „Leonardo hat Begehrlichkeiten geweckt. Anfragen aus völlig unerwarteten Kreisen. Darauf sind wir nicht vorbereitet. Tim hat es vorgezogen, Urlaub in Tübingen zu machen, statt uns zu unterstützen. Und jetzt habe ich die ganze Sache alleine an der Backe. Es ist zum Kotzen."

„Du vermutest einen Zusammenhang zwischen Toms Tod und Leonardo?"

„Die einzig plausible Erklärung für mich", antwortet Elias und schaut Beatrice an.

„Die im Netz verbreitete These eines Killers, den ein Zeuge bei der Flucht aus dem Schloss beobachtet habe, würde dazu passen", meint Annemie.

„Natürlich ein farbiger Fremder, der einen Mordauftrag erledigt hat und sich katzengleich aus dem Staub macht. Da werden Vorurteile bedient", entrüstet sich Beatrice. „Ein Auftragskiller hätte kaltblütig zugeschlagen. Nach all dem, was wir wissen, scheint genau das nicht passiert zu sein."

Elias schaut sie überrscht an. „Sie meinen, da waren Emotionen im Spiel?"

„Kannst du zu mir sagen", sagt Beatrice. „Dein Kommilitone Tom ist Opfer einer Beziehungstat. Darauf würde ich wetten."

Die *Tatort*-Melodie, der Signalton von Leonhards Smartphone, fährt dazwischen. Er wischt über das Gerät, liest und informiert: „Kommissarin Schmidt schreibt: 'Kontaktieren Sie bitte Elias Marlow, Herr Aron. Ich muss ihn dringend sprechen.'"

Als die beiden Männer den Wintergarten verlassen, flüstert Annemie: „Merkwürdig."

„Du meinst, wie emotional unbeteiligt Elias von Tom Malik gesprochen hat. Dabei ist der Opfer einer tödlichen Attacke geworden", pflichtet Beatrice ihr bei.

„Deshalb hast du das neutrale Wort Kommilitone benutzt statt Freund oder Teamkollege oder sowas. Auch dieser Hinweis ist von ihm abgeperlt. Als befinde er sich in einem Tunnel."

Während sie den Schlossplatz auf dem Weg Richtung Polizeipräsidium und Corinna Schmidt überqueren, raunt Elias Leonhard zu: „Emilie war von Tom schwanger. Sie hat es abtreiben lassen."

Leonhards Blick streift Elias von der Seite. „Warum sagst du mir das jetzt?"

Elias zuckt mit den Achseln.

Ein kalter Wind fährt über den Platz.

Kapitel 21

Neue Spuren?

„Gestern haben Sie unseren Leuten zusammen mit Tom Malik Leonardo vorgeführt, heute ist Ihr Partner tot", stellt Hauptkommissarin Schmidt nüchtern fest.

Elias, der ihr an der Seite Leonhards gegenübersitzt, nickt, sagt aber nichts.

„Haben Sie irgendeinen Verdacht, warum er in der Ströher-Ausstellung war?"

„Emelie hat ihn dort treffen wollen."

Corinnas Brauen ziehen sich zusammen, sie presst die Lippen aufeinander und schaut irritiert zu Leonhard hin. Der vergewissert sich mit einem Blick des Einverständnisses von Elias und sagt: „Emilie erwartete ein Kind von Tom. Sie ließ es abtreiben."

Corinna steht auf, geht zum Fenster, öffnet es, atmet mehrfach tief ein und aus, dann setzt sie sich wieder, legt das Kinn auf die zusammengepressten Daumen, die Arme auf dem Tisch abgestützt, und räumt ein: „In den letzten Wochen, in denen ich Emilie erlebt habe, bevor Sie, Elias, in ihr Leben traten, drang ich nicht mehr zu ihr durch; immer fremder wurde sie mir. Nur noch eine Oberfläche nahm ich wahr. Ein Stück weit kann ich mir das nun erklären. Aber auch nur ein Stück weit. Je mehr ich über Emilie nachgedacht habe, um so mehr irritierten mich seltsame Dinge an ihrem Verhalten, die ich nicht kannte. So als lebte sie zunehmend in einer anderen Welt, an der sie mich nicht teilhaben lassen wollte. Damit meine ich jetzt nicht, was ich soeben habe erfahren müssen, also nicht die Schwangerschaft. Ausflüchte, Ausreden, Geheimniskrämerei und und und."

Elias sagt: „Kenne ich."

Er räkelt sich in seinem Stuhl, überlegt und fügt hinzu: „Im Zusammenhang mit Leonardo hat sie zuletzt rechtspopulistische Töne angeschlagen. Die haben mich, gelinde gesagt, sprachlos gemacht."

„Beispiele?"

„Der CDU-Kandidat Laschet führe die 'Verschwulung der Partei' weiter. Dem 'Kryptomarxisten' Scholz würde das 'links-grün versiffte Pack' in den Arsch kriechen. In einem 'Wörterbuch der Lügenpresse', das neben dem Titel 'Die Rettung Deutschlands' auf Emilies Schreibtisch liegt, wird der Klimawandel als 'postfaktische Absurdität' geleugnet und Greta Thunberg als 'losplärrender Balg' und 'eine Art Ökoausgabe von Harry Potter' verunglimpft."

„Wow!" kommentiert Corinna Schmidt, schüttelt sich und sagt: „Kommen wir zurück zu dem Toten. Haben Sie eine Erklärung für das, was da im Schloss passiert ist? Sie kennen Tom und sein Umfeld."

„Falls Sie einen Täter oder ein Tatmotiv meinen, nein. Da fällt mir niemand ein."

„Könnte Leonardo als Tatmotiv eine Rolle spielen?"

„Dann müsste ja selbst mir angst und bange sein, oder?"

„Hm. Da haben Sie Recht, Elias."

„Ist mir aber nicht", sagt er, kratzt sich am Kinn und hakt nach: „Steht denn überhaupt fest, dass man Tom umgebracht hat? Könnte es nicht auch ein Unfall gewesen sein?"

„Wir haben noch kein Obduktionsergebnis", weicht die Soko-Chefin aus und verschweigt die Vermutung des Notarztes. „Aber er wird sich ja wohl nicht selbst das Bild über den Schädel gezogen haben."

„Das nicht. Aber stirbt man so? Das bezweifle ich."

„Wie konnten Tom und die Tatperson – vielleicht Emilie?", schaltet Leonhard sich ein. „Also wie konnten die beiden des Nachts in der Dachgeschoss-Ausstellung sein, ohne dass man dies bemerkte? Wie gelang es der Tatperson, unbemerkt von dort zu entkommen?"

„Fragen, die auch uns Ermittler umtreiben, Herr Aron", sagt Kommissarin Schmidt, „uns Ermittler" betonend.

„Schon merkwürdig, dass nach dem Raub der *Irmenacher Bäuerinnen* erneut alle Sicherungssysteme versagt zu haben scheinen, oder?"

„Der Museumsleiterin stand der Ärger ins Gesicht geschrieben, Herr Aron", antwortet sie.

Bei diesem Hinweis meldet sich Melissa; die Kommissarin schaut auf ihr Smartphone und informiert: „Die KTU hat Fingerabdrücke auf dem Bildrahmen gesichert. Es gibt allerdings kein Pendant in unseren Dateien. Ich könnte wetten, dass die Spur zu Emilie Reichow führt."

Corinna wendet sich an Elias: „Können Sie uns da behilflich sein?"

„Ich soll Ihnen Emelie ans Messer liefern? Das ist nicht Ihr Ernst!"

„Als Ermittlerin darf ich mich nicht von Emotionen oder gar Sentimentalitäten leiten lassen, Elias. Sorry!"

„Ihr Ding, nicht meins", kontert er. „Ich spiel da nicht mit."

„Das ist kein Spiel, das ist todernst."

Während sie das sagt, schaut er auf sein Handy.

„Emilie ist nicht erreichbar."

„Abgetaucht", vermutet die Kommissarin.

Erneut?, scheinen Elias` gerötete Augen zu fragen.

„Eltern, Geschwister, Verwandte, Freunde Toms?", wechselt Schmidt das Thema.

„Adoptiveltern, Tom wurde im rumänischen Temeswar geboren und landete wie viele Kinder dort vor Jahren in einem Kinderheim. Gerade einmal ein halbes Jahr alt, adoptierten ihn die Maliks. Letztes Jahr machte er sich auf den Weg zu seiner leiblichen Mutter. 'War ein Fehler`, hat er mir gesagt; kein weiteres Wort mehr dazu."

„Wo leben die Eltern?"

„In Tübingen, beide Uni-Profs. Philosophie und Literaturwissenschaft."

„Geschwister?"

„Eine zwei Jahre ältere leibliche Tochter der Maliks, die in Tübingen Mathe studiert. Ein Ass in ihrem Fach. Oft telefonierte er mit ihr. Swenja hat uns hin und wieder bei komplizierten Berechnungen geholfen. Besuchte auch hin und wieder mal Luto in Mainz. So hat sie, die Kleine, den Großen liebevoll genannt, Lulatsch Tom. Die beiden verstanden sich gut, glaube ich. Tim hat ein Auge auf sie geworfen. Was Tom gar nicht behagte."

„Weil?"

„Eifersucht. Unsinnigerweise."

„Oha! Unter Freunden, geht gar nicht, oder?"

„Dafür ist, äh war Tom nicht der Typ. Viel zu misstrauisch."

„Haben Sie die Adresse der Eltern, Elias? Ich muss sie informieren und ... kontaktieren."

„Deine Nummer, Corinna", fordert er und zückt erneut sein Handy, um ihr die Anschrift zu mailen.

Das vertrauliche „Corinna" ignoriert sie, was Leonhard schmunzelnd zur Kenntnis nimmt. Solidarisiert sie sich gerade doch mit Elias gegen Emilie?

Erneut meldet sich Melissa. Corinna überfliegt die Nachricht und ihre Stirn kräuselt sich, als sie Elias fixiert: „Kein Unfall. Tom wurde erstickt."

Kapitel 22

Nach Toms Beerdigung

Leonhard ist mit Elias zu Toms Beisetzung nach Tübingen gereist. Am späten Nachmittag, nach der Beerdigung, haben sich Toms Eltern zu einem Gespräch bereit erklärt.

„Danke, dass wir kurz mit Ihnen sprechen dürfen", sagt Leonhard. Sie sitzen im Wohnzimmer der Malikschen Villa, die sich mit einer Glastür und anschließender Fensterfront zu einer Terrasse öffnet, die den Blick hinunter zum Neckar freigibt.

„Ein surrealer Tag", seufzt der Hausherr, ein hagerer Mann Mitte Fünfzig, dessen von Falten zerfurchtes Gesicht asketisch wirkt. „Eltern sollten vor den Kindern gehen." ...

Elias, von Frau Malik gebeten, berichtet vom Erfolg des Teamprojekts Leonardo. „Tom war so stolz darauf", sagt die Mutter. „Er hatte doch noch so viel vor."

Bei diesen Worten schaut sie auf die leere Terrasse, über die ein Schneesturm hinwegfegt, als blickte sie nach vorne und gleichzeitig zurück nach Temesvar.

Dieser Eindruck geht Leonhard durch den Kopf, wie er auf der Rückfahrt Elias berichten wird.

„Wir beide verstehen ja nicht viel von Technik", sagt der Vater, den Arm um die zitternde Schulter seiner Frau gelegt, „aber wir haben uns beide so gefreut, Elias."

Malik schweigt, dann fährt er fort: „Tom hat Sie sehr geschätzt. Ich vermute, Sie haben das allenfalls geahnt. Er konnte so etwas nicht recht zeigen. Danke, dass Sie uns heute zur Seite stehen."

Aus den Augenwinkeln beobachtet Leonhard, wie Elias' Augen feucht werden. Er legt seine Rechte für einen Moment auf Elias' zusammengepresste Hände und sagt in das Schweigen hinein:

„Sie sind zu Recht stolz auf Ihren Sohn. Wie viele Eltern können das sagen?"

„Es heißt, Tom sei in der Kunstausstellung eines Friedrich Karl Ströher ..."

„Ich würde mich freuen", kommt ihm Leonhard zu Hilfe, „wenn Sie beide demnächst einmal zu uns auf den Hunsrück nach Simmern kommen könnten. Gerne würde ich dann mit Ihnen diesen traurigen, aber auch tröstlich-melancholischen Ort aufsuchen."

„Danke, Herr Aron", sagt Frau Malik, die sich gefasst hat, „danke."

„Erzählen Sie uns bitte von Ihrem Sohn", bittet Leonhard.

Frau Malik erhebt sich, geht zum Fenster und schaut dem Schneetreiben zu. Dann dreht sie sich um und beginnt zu erzählen.

„... Tom, so hieß Svenjas Zwillingsbruder. Er starb bei der Geburt der beiden", schließt sie.

Beklemmende Stille.

Elias und Leonhard wechseln Blicke. Was Svenja, die bislang schweigsam am Tisch gesessen hat, zu dem Hinweis bewegt, das sei für Tom kein Problem gewesen. „Ganz im Gegenteil", sagt sie mit tränenerstickter Stimme.

Ihre Eltern nicken. „Wie ein Herz und eine Seele", sagt Vater Malik.

„Dass ich Patin seines Sohnes würde", sagt Svenja, „das war ausgemachte Sache zwischen uns."

„Seines Sohnes?", fragt Leonhard überrascht.

„Na ja", erklärt sie, nun wieder gefasst, „sein großer Traum. Fehlte nur die Partnerin fürs Glück."

„Und Emilie?"

„War`s bestimmt nicht", entgegnet Schwester Svenja unwirsch.

„Sonst wäre sie zur Beerdigung gekommen - oder Elias?"

Der nickt verschämt.

„Warum ist mir das alles verborgen geblieben?", fragt Elias Leonhard auf der Heimfahrt.

„Weil du es nicht hast wissen wollen?", antwortet sein väterlicher Freund.

Kapitel 23

Rekonstruktion der Tat

„Gestern erst habe ich die Rothaarige von der Tourist-Info im Schloss angetroffen; sie hatte wohl einige Tage Urlaub. Irgendwie traue ich der nicht so recht über den Weg", berichtet Kommissar Castor, „irgendwas verschweigt die. Na ja, sie hat ausgesagt, dass die letzte Museumsbesucherin am fraglichen Abend kurz vor Toresschluss, also ein, zwei Minuten vor achtzehn Uhr gegangen sei. Von einem jungen Mann, der um diese Zeit die Ströher-Ausstellung besucht habe, wisse sie nichts. Jedenfalls habe sie um achtzehn Uhr ordnungsgemäß das Haus verlassen. Sie gehe davon aus, dass sich danach niemand mehr im Schloss aufgehalten habe. Überprüfen lässt sich all das nicht."

„Es gibt einige Ungereimtheiten", weiß Kommissarin Wunderlich zu berichten. „Die Tür zur Ströher-Kunstgalerie war von außen abgeschlossen. Auf der Türklinke kein einziger Fingerabdruck. Die KTU hat in der Galerie erwartungsgemäß jede Menge Abdrücke gesichert, sonderbarerweise aber nicht einen auf dem Tisch an der Tür, auf dem Besucher sich in ein Gästebuch eintragen können. Da hat jemand penibel abgewischt."

„Emilie Reichow ist wohl kaum die Tatperson", gibt Kommissar Bachmann zu verstehen und überrascht mit dem brandaktuellen Hinweis auf ein Überwachungsvido des Kulturamts vis-a-vis des Schlosses: „Kein Schwarzer, wie im Netz spekuliert wird, nein ein roboterartiger Fassadenkletterer dringt um null Uhr zwei in das schräge Dachgeschossfenster des Schlosses ein, also in die Ströher-Galerie. Von der Statur und dem Bewegungsablauf her ein kleinwüchsiges Spidermanwesen mit eigenartiger Hüpf-, Sprung- und Klettertechnik. Sieben Minuten und dreizehn Sekunden nach dem Einstieg kraxelt es wieder heraus, ohne etwas mitgenommen zu haben, wie es scheint."

„Dazu passt das Obduktionsergebnis", informiert Hauptkommissarin Schmidt, „Tod durch Erwürgen gegen Mitternacht. Doktor

Giesen lag mit dem Tatzeitpunkt in etwa richtig, die Todesursache hat er korrekt diagnostiziert. Die Gerichtsmediziner haben sogenannte Tardieu`sche Flecken auch am Herzen und im Brustinnenraum der Leiche gefunden. Doktor Giesen hatte diese kleinen Blutungen ja im Gesicht an Wangen, Augenlidern, Stirn und in den Augen beobachtet."

„Auf den Doc ist Verlass", sagt Kommissarin Wunderlich. „Erfahrung zahlt sich halt aus."

„Ich setze die Puzzleteile der Indizien mal zusammen. Da ergibt sich für mich folgendes Bild", erklärt die Soko-Chefin. „Zwischen Emilie und Tom kam es zu einem heftigen Streit. In dessen Verlauf landete Tom auf dem Boden. Lag er dort bewusstlos bis gegen Mitternacht? Keine Ahnung. Aufhorchen lässt der Verdacht einer Ärztin der Mainzer Pathologie, die anonym bleiben will, man könne eine pathologische Impfreaktion mit plötzlichem Herzstillstand nicht ausschließen."

„Jetzt wird`s spannend", grummelt Castor.

„Tom Marlow ließ sich zwei Tage zuvor mit Moderna boostern", informiert Schmidt. „ In seltenen Fällen sei es vorgekommen, dass eine, bislang unerklärliche, physiologische Reaktion des Geimpften erfolgt sei, eine Herzmuskelentzündung, die, gerade bei Jüngeren, zu einer Herzinsuffizienz geführt habe."

„Was die Frage nach der Täterschaft verkomplizieren würde", schlussfolgert Wunderlich.

„Gegen vierundzwanzig Uhr jedenfalls", fährt Schmidt unbeirrt fort, „drang ein Fremder – oder ein fremdes Wesen - in die Ströher-Galerie ein und würgte den auf dem Boden Liegenden. Vielleicht war der aber bereits tot."

„So könnte es gewesen sein", grummelt Jörg Bachmann. „Dann stellen sich einige Fragen: Wer oder muss ich sagen was ist der Fassadenkletterer? Woher wusste man, dass Tom Malik, vermeintlich bewusstlos, in der Ströher-Ausstellung liegt? Welches Tatmotiv steckt hinter der Geschichte?"

„Eifersucht, Rache, Geldgier, ideologische Verblendung, was auch immer", räsoniert seine Lebensgefährtin Beate. „Vielleicht auch mehrere Motive in unterschiedlicher Gewichtung."

„Alles möglich", meint Corinna, „eine Verbindung des Täters zu Emilie Reichow aber ist sehr wahrscheinlich."

„Noch eine wichtige Information", sagt Lukas Castor, der gerade eine Nachricht empfangen hat. „Ein Freund, der sich gelegentlich im Darknet tummelt, der ist dort heute auf eine interessante Kunstauktion gestoßen: Ein Gemälde von Otto Dix mit dem Titel *Selbstportrait als Schießscheibe* wechselte den Besitzer; für sage und schreibe drei Millionen Euro, bezahlt in Kryptogeld, ging es als Non-Fungible-Token über den illegalen Tisch. Der unbekannte Käufer werde es später für den doppelten Preis verhökern, meint mein Freund, der sich in solchen Dingen auskennt. Das Bild sei ein Sleeper."

„Was bitte ist ein Sleeper?"

„Ein Gemälde, das auf Aktionen angeboten und dabei in seinem Verkaufspreis unterschätzt wird, Beate. Es hat das Potential, bei einer namhaften Zuschreibung, also Otto Dix in unserem Fall, neu bewertet zu werden."

„Und was ist ein Non-Fungible-Token?", will Corinna wissen.

„Ein Besitzeintrag auf einer Blockchain", erklärt Lukas, „das Bild wird also nicht physisch erworben. Anonymität bleibt auf Käufer- wie Verkäuferseite gewahrt."

„Kunstexperte Castor und seine Unterweltkontakte", knurrt Kollege Bachmann und klopft ihm auf die Schulter.

Seine Chefin Corinna Schmidt geheimnist: „So könnte ein Schuh draus werden."

Kapitel 24

Emelie

So wird ein Schuh draus, wird Corinna vermuten, geht es Emilie durch den Kopf. Sie räkelt sich in Elias' ockergelbem Fernsehsessel und blättert in der FAZ. Ihr Blick bleibt an einem expressionistisch anmutenden Bild hängen: „Höchstwahrscheinlich eine Fälschung: Bild 'Murnau`, ausgewiesen als angeblich von Kandinskys Hand." Der Begleittext berichtet von einer russischen Organisation namens Terricon, die auf ihrer Homepage dieses „originale Ölgemälde" von 1909 aus unbekanntem Besitz anbietet. Ob das Bild physisch veräußert werden soll oder nur als Non-Fungible-Token bleibe unklar. Zur Wahrung der Anonymität des Käufers sei die Zahlung per Kryptogeld zu leisten. Der internationale Kunstmarkt, schreibt der Fouilletonist, werde stark von Fälschungen der russischen Avantgarde „verseucht": „Es ist eine Industrie geworden wie falsche Louis-Vouitton-Handtaschen in China." Im Falle „Murnau" werde der Name Kandinskys für die Unterstützung des Kriegs „missbraucht, um mit dem erhofften Millionengewinn noch mehr Leid über die ukrainische Bevölkerung zu bringen."

Emilie legt die Zeitung zur Seite, um nachzudenken.

Ich werde Corinna den nächsten, den entscheidenden Schachzug voraus sein. Weil ich bei der psychischen Odysee, so empfinde ich es zumindest, einen Kompass habe; sie aber nicht. Weil ich ein Ziel vor Augen habe, ein Ziel, das sich seiner Wurzeln gewiss ist. Drum gegen sogenannte fake news gefeit ist. Teleologie eben.

Was man nicht vor Augen, was man nicht im Sinn hat, was man nicht spürt, das existiert im Grunde nicht.

Mein Kopfkino ist gestartet. Bin gespannt auf die Bilder, die es mir zeigen wird.

Mit Toms Sentimentalität habe ich gerechnet. Kommt davon, wenn man seine biografischen Muster nicht durchschaut und folglich nicht beherrscht. Seine Irrationalität steht unserer Idee im Wege. Für diese Idee lohnt es sich zu kämpfen. Sie muss ihre Worte über das Blatt der Ereignisse führen. Was geschieht, hat sich meinem, hat sich unserem Vorhaben zu fügen. Spekulationen taugen nichts.

Eigentlich hat Tim, überraschenderweise Tim, ausgerechnet der eigenbrötlerische blonde, blasse Nerd mit seinem Habitus der abgefuckten neunziger Jahre und nur er, die Sache verstanden. Seine beiden Mittüftler blicken nicht durch, nicht über den Tellerrand ihres engen Technikportfolios hinaus. Tom ist intellektuell dazu außerstande. Sein Selbstanspruch ist immer dürftiger geworden. Unpolitisch gefällt er sich zunehmend in Äußerlichkeiten eines Fashion-Nerds. Elias hingegen ist ein Moralist. Moralisten sind gefährlich. Unlängst hat er mich doch tatsächlich eine rechtsgewendete Ulrike Meinhoff genannt und gesagt, so sei das mit den Pfarrerstöchtern. Mit seiner verbohrten Haltung steht er quer zu meinem Plan. Das hatte ich mir zugegebenermaßen anders vorgestellt. Nun ja, wo gehobelt wird, da fliegen Spähne.

Immerhin, die Sache mit dem *Selbstportrait als Schießscheibe* ist in trockenen Tüchern. War aufwendig und kostspielig genug, Dix` Selbstbildnis von Ströhers Übermalung zu lösen, ohne beide Bilder zu beschädigen; oder wurde das Selbstbildnis des Künstlers nur überklebt? Wie auch immer, echte Filigranarbeit, von unserer Konservatorin bewerkstelligt, die es per Zufall entdeckte. Glücklicherweise gehört sie unserem eingeschworenen Denk- und Aktionszirkel an. Das glaubt einem kein Mensch. Sie spürte den kostbaren Dix aus Anlass einer Zustandsuntersuchung des musealen Staubfängers Ströher auf, den sie für eine Ausstellung aufzubereiten hatte, und zwar durch Röntgenaufnahmen. Dix` Selbstbildnis trat zu ihrer Überraschung aufgrund der die Strahlen absorbierenden Bleiweißbasis zutage.

Dank der Expertise von Tims Banker-Cousin Joshua, beide übrigens Kippa-Träger, gelang der Deal. Das Original hat er, notariell beglaubigt, als Sicherheit für uns und den Käufer, in einem Bankschließfach untergebracht, selbstverständlich angemessen versichert. Der Erlös des als Non-Fungible-Token veräußerten Dix-Porträts ermöglicht es uns einerseits, die KI-Forschung zur permanenten Optimierung von Leonardo zu finanzieren. Er muss sein Bewegungs- und Reaktionsvermögen stetig lernend verbessern, vor allem durch selbsterfundene Experimente; GPS und Gesichtserkennnung von Zielpersonen sind bereits programmiert.

Andererseits werden wir in biologische Projekte investieren, um die Anatomie und Motorik von Maden und Zwergkäfern zu erforschen. Das Verständnis der Hüpf- und Springtechnik von Larven bestimmter Plattkäferarten könnte zur Verbesserung der Motorik Leonardos beitragen. Das ausgeklügelte Leichtbau-Design der Flügel und des Flügelschlags der Federflügler, wozu der Zwergkäfer gehört, könnte unsren Tüftlern helfen, die bisherige Fluggeschwindigkeit von maximal einhundertfünfzig Stundenkilometern zu steigern.

Nebenbei werden wir in die Erforschung eines bahnbrechenden neuen Werkstoffs investieren, in Graphen: fester als Stahl, biegsam wie Gummi, transparent wie Glas. Von diesem Wundermaterial versprechen sich Physiker und Ingenieure leichtere Flugzeugteile. Die Grenzen des Periodensystems gilt es zu sprengen, wie überhaupt Begrenzungen des Denkens.

Insgesamt faszinierende Aussichten.

Ungeahnte militärische Zugriffsmöglichkeiten leuchten am Horizont auf, gerade in heutiger Zeit. Die sollten uns in die Karten spielen. „Uns gefällt die Welt von Kant, aber wir werden uns darauf einstellen, in einer Welt von Hobbes zu leben", erklärte kürzlich der EU-Außenbeauftragte Borrell. Recht hat der Mann. Im Machtpoker hat nur der eine Chance, der machiavellistisch aus der Position der Stärke verhandelt. Schlächter wie Putin erinnern uns gegenwärtig schmerzvoll an diese vergessene beziehungsweise verdrängte Wahrheit. Grausige Fakten vergeigen traumtänzerische Wunschkonzerte.

Zwecks Tarnung werde ich meinen eigenen Tod inszenieren: mit einer Story, verpackt in einer Krimikurzgeschichte, die auf Instagram gepostet wird. Titel: *The nothing woman*. Vielleicht juble ich sie Corinna unter.

Vorbild: Madame Nielsen, die das Begräbnis ihres vormaligen Ichs Claus Beck-Nielsen zelebrierte. Dem Trauerzug müssen allerdings nicht gleich zweitausend Menschen folgen. In Gedanken schiebe ich das ambivalente Wort *Ich* hin und her. Prüfe mich ernsthaft, ob ich nach wie vor mit meiner gereiften Selbstdefinition im Einklang bin.

The nothing woman

Tod in der Elfenmaar-Klinik

Montag, acht Uhr; Wartebereich Therapie des Erdgeschosses der Elfenmaar-Klinik.
„Frau Reichow, Herr May?"
Allein Emilie Reichow erhebt sich mit einem „An Bord, Captain."
„Backbord-Kabine bitte", sagt Lisa schmunzelnd und zeigt auf den Therapieraum, in dem links und rechts je eine Knie-/Hüft-Schiene auf einer Liege ihren Patienten erwartet.
Emilie Reichow, immer einen launigen Spruch auf der Lippe, eine stets pünktliche, durchtrainierte Mittdreißigerin, breitet penibel ihr Laken aus, bevor ihr Lisa einen Strumpf über den Fuß des hüftoperierten linken Beins stülpt, das sie dann auf die Schiene bugsiert und mit einer Schlaufe umgurtet. „Nicht, dass Ihnen das Gelenk aus der Pfanne hopst", flötet die gertenschlanke Therapeutin, deren rehbraune Augen Emilie anlachen. Nun startet sie den Elektroantrieb, der in Zeitlupe das lädierte Bein der Patientin in die Beuge schiebt und wieder zurückfährt und so weiter.

Herr May, der neue Patient, den Lisa bislang noch nicht zu Gesicht bekommen hat, kreuzt zehn Minuten später auf, kalte graue Augen über der Maske. „Wurde aufgehalten", grummelt er.
„Kein Problem", sagt sie und versorgt ihn auf der Schiene gegenüber Frau Reichow, die ihr freundlich zuzwinkert.
„Alles okay?", fragt sie beim Hinausgehen. Emilie nickt. „Natürlich."
„Licht aus, Frau Reichow?"
„Gerne."
Die Motoren surren, gedämpftes Licht. SWR-1-Hintergrundmusik: *Once upon a Time* von den Moody Blues.

Zwanzig Minuten später schaut Lisa wieder herein und zwitschert: „Ihre Zeit ist abgelaufen, Frau Reichow."

Nach einem Blick zur Seite fragt sie: "Wissen Sie, warum der Herr May bereits weg ist, Frau Reichow?"

Keine Antwort.

Sie klopft ihr auf den rechten Oberschenkel. Keine Reaktion. Sie fühlt Reichows Puls. Nichts. Ausdruckslos ihre Augen über der verrutschten Gesichtsmaske. Kein Atemgeräusch. Sofort drückt Lisa den Notruf.

Im Nu schießen Kolleginnen herein. Den Notfallfallplan haben alle im Kopf. Mehrfach geübt. „Eins, zwei drei."

Mit vereinten Kräften hieven sie Frau Reichow auf den Boden und sogleich beginnt die erfahrenste Kollegin mit Wiederbelebungsversuchen.

Schon taucht Chefarzt Doktor Binzhammer auf, den die von einer Therapeutin blitzschnell per Haustelefon informierten Schwestern alarmierten. Er kniet sich neben Reichow, dreht ihren Kopf zur Seite und zeigt auf eine hellrot eingefärbte Einstichstelle am Hals. Er entfernt die Gesichtsmaske und riecht an Reichows Lippen. „Marzipan", sagt er. Schwer atmend zuckt er mit den Schultern. „Exitus."

Maskengesichter starren ihn aus geweiteten Augen an.

Er erklärt den Therapieraum zum Tatort und entscheidet: „Der Betrieb läuft weiter."

Sein Blick geht zur Seite. „Wo ist der zweite Patient?"

Im selben Moment dudeln die Everley Brothers auf SWR1:

I get a feeling like I'm travelling through the sky
On the wings of a nightingale.

„Der, der war nicht mehr da", stammelt Lisa.

„Wie, der war nicht mehr da?", fährt ihr Chef sie an.

„Ich dachte, Toilette oder so."

„Hat jemand anderes ihn losgemacht?"

Doktor Binzhammers Blick in die Runde antwortet niemand.

„Wer ist der Verschwundene?"

„May", kommt es Lisa kleinlaut über die Lippen. „Karl May."

„Zimmer?"

„Sie schaut auf ihren Zettel und sagt: „509"".

„Überprüfen! Sofortiger Rückruf auf mein Handy!"

„Der Hausmeister, den Binzhammer anschaut, stürzt davon.

„Nachfolgetherapie Fahrrad", informiert Frau Roos, die gedankenschnell zum Computer eilte, um den Therapieplan Mays aufzurufen. Schnaufend ergänzt sie: „Dort ist er nicht."

Im selben Augenblick klingelt das Handy. „Herr May liegt bewusstlos auf seinem Bett, gefesselt und geknebelt." Die Stimme des Hausmeisters, Binzhammer hat auf Mithören gestellt.

„Alle Räume kontrollieren!", ordnet er an und eilt hinaus durch die Flure Richtung Rezeption, wobei er die 110 in sein Handy tippt. „Chefarzt Doktor Binzhammer, Elfenmaar-Klinik Bad Bertrich", ruft er in das Gerät, „Mord vor Ort. Täter flüchtig."

Zur Empfangsdame hin fragt er: "Jemand hier vorbeigerauscht? Vor etwa zehn bis fünfzehn Minuten?"

Sie schaut ihn aus großen Augen an.

„Dunkles Lockenhaar, breitschultrig, schwarz gekleidet, Krücken unter dem Arm?" Die Hinweise stotterte ihm Lisa zu.

Frau Beinhard springt auf, fahrig, rot im Gesicht und zeigt mit zittriger Hand Richtung Parkplatz. „Der ist dort mit `nem Motorrad losgebrettert. Hat Staubwolken aufgewühlt. Hab mich gewundert."

„Und was haben Sie unternommen?", herrscht der Chef sie an.

Verlegen blickt sie zu Boden.

Da ertönt ein Martinshorn und der Polizeiwagen bremst vor dem Eingangsbereich. Zwei Polizisten stürmen herbei.

Gestützt auf die vage Beschreibung des vermutlichen Täters, veranlasst ein Beamter die Fahndung, während sein Kollege die Stelle inspiziert, wo das Motorrad gestartet sein soll. Im angrenzenden Gebüsch findet er zwei Krücken, die er in einem Plastikbeutel versorgt.

Kurz darauf wirbelt ein Hubschrauber vom Roten Kreuz Staub auf und landet auf dem Gäste-Parkplatz. Bevor die Rotorblätter zum Stillstand kommen, springen zwei Sanitäter und ein Notarzt heraus und laufen zum Klinikeingang.

Der Notarzt stellt gerade den vorläufigen Totenschein aus, da kreuzt überraschenderweise bereits die zuständige Staatsanwältin auf.

Sie informiert den Chefarzt, dass die Tote unter dem Pseudonym Emelie Reichow in der Elfenmaar-Klinik behandelt worden sei. In Wahrheit handle es sich um eine hochrangige Staatssekretärin im Verteidigungsministerium, deren Identität unter allen Umständen weiterhin geheimgehalten werden müsse.

„Anfeindungen?", fragt Doktor Binzhammer unvermittelt.

Die Staatsanwältin deutet ein Nicken an, sagt aber nichts. Die Brauen des Arztes schießen hoch, als habe er einen schlimmen Verdacht.

Sie ordnet an, dass der Leichnam unverzüglich in die Pathologie der Universität Bonn überführt wird. Mit einem Tuch bedeckt, wird die Tote auf einer Trage durch das Spalier entgeistert schweigender Maskenträger zum Ausgang befördert und dann zum Heli, der sogleich abhebt.

Stotternd kommt der Reha-Betrieb wieder in Gang.

Derweil notieren die Polizisten die Namen der Pflegekräfte und Patienten, die möglicherweise etwas beobachtet haben könnten. Herr May, notfallmäßig versorgt, hat keinen blassen Schimmer, was ihm widerfahren ist, aber einen Brummschädel.

„Sie schöpften keinen Verdacht, als der vermeintliche Herr May auftauchte, Frau Scheib?"

„Kommt schon mal vor, dass sich jemand verspätet", antwortet Lisa dem Polizisten. „Zudem ist heute der erste Theapietag des Herrn May. Da ist der eine oder andere noch unsortiert. Zudem habe ich ihn noch nicht zu Gesicht bekommen, soweit dass die Maske überhaupt zuließe."

„Verstehe", grummelt der Polizist. „Keine Auffälligkeiten, während Sie ihn versorgten?"

„Nein", antwortet Lisa, „viele reden dabei ohnehin nicht. So auch er."

„Seine kurze Entschuldigung, Frau Scheib? Versuchen Sie sich genau zu erinnern."

Lisa blickt dem Polizisten ins maskierte Gesicht.

„Tiefe oder hohe Stimme?", fragt er. „Dialekteinschlag. Irgendwas Besonderes?"

„Hm", grübelt sie, „ein leichter Stotterer ... ´aufge...ge...halt... ten.` Recht helle Stimme für einen Mann.´"

„Knie-OP?"

„Er trug eine schwarze Hose. Merkwürdig, dass mir das jetzt erst bewusst wird."

„Was?"

„So ´ne eng anliegende, lange Stretchhose. Viel zu warm für die Jahreszeit."

„Und sein Schuhwerk?"

„Schwarze Schuhe. Passend dazu das dunkle T-Shirt."

„Irgendwie muss er doch hinausgefunden haben, Frau Scheib? Nichts bemerkt?"

„Ich betreue ja zwei Räume", gibt sie zu bedenken. „Die liegen nicht nebeneinander. Obendrein war ich mal kurz zur Toilette."

Der Polizist macht sich Notizen.

„Ach, noch etwas", bemerkt Lisa. „Er trug Einmalhandschuhe."

„Wie das?"

„A ... A .... Allergie", sagte er.

„Der wollte keine Spuren hinterlassen", vermutet der Polizist, vor sich hin grummelnd.

Offensichtlich hatte der Täter einen günstigen Zeitpunkt abgepasst, zwischen Therapiesitzungen; denn keine weiteren Personen, weder Patienten noch Therapeuten wollen etwas bemerkt haben. Lediglich eine Reinemachefrau will einen kräftigen Blonden gesehen haben, der zu fraglicher Zeit, wild mit Krücken fuchtelnd, den Flur im Erdgeschoss durcheilt habe. „Aus dem W ... W ... Weg du Sch ... Sch ... Schlampe!", soll er ihr zugerufen haben.

Wochen später erhält die Elfenmaar-Klinik eine großzügige Spende, anonym; auszuzahlen an die Mitarbeiter.

Die kriminalpolizeilichen Ermittlungen stellt man ein, nachdem Gras über die Sache gewachsen ist. Der vermutliche Täter, dessen Identität im Dunkeln bleibt, bleibt unbehelligt.

Kapitel 25

In der Stadtbibliothek

„Gestern Vormittag war ich bei deiner Mutter zum Café", sagt Lotta beiläufig, während sie in einem Buch blättert. „Wir saßen in der Sonne auf ihrem Balkon; unterhaltsamer Ausblick hinunter aufs Markt-Gewusel. Ganz schön viel los. Obwohl alles so teuer geworden ist."

„Aha", sagt Toska und blickt von ihrem Buch auf. „Hat sie dich wieder ausgefragt?"

„Keineswegs. Sie war aufgeräumt und hat von dem Krimi berichtet, den sie unfreiwillig unlängst dort beobachtet hat. Stand ja in der Zeitung. Unfassbar, was sich dort abgespielt hat, oder?"

„Endlich mal was passiert", meint Toska, „Mutter ist sensationsgeil und geschwätzig. Wie die meisten Alten."

„Du musst nicht so über deine Mutter reden", entgegnet Lotta.

„Hast ja Recht. Wir werden, so Gott will, auch mal so alt und leben dann vielleicht auch alleine."

„Apropos, alleine leben."

Lotta macht eine Pause und fixiert ihre Jugendfreundin.

„Deine Mutter hat vor, sich, wie soll ich es sagen ...?"

„Ja?"

„... sich ... einen Untermieter zuzulegen."

Toskas Brauen schießen hoch und das Buch mit dem Titel *Wahre Lügen* fällt ihr aus der Hand auf die Tischplatte.

„Wie bitte?"

„Hat sie gesagt."

„Fünfundsiebzig Quadratmeter, zwei Zimmer und eine Rumpelkammer, die sie Gästezimmer nennt. Nicht mal eine Gästetoilette. Alles auf einer Etage."

„Sie hat mir verboten, dir das mit dem Untermieter zu sagen."

„Heißt im Klartext natürlich das Gegenteil."

„Sehe ich auch so."

„Flüchtlingshilfe?", fragt Toska nach kurzem Nachdenken, „Ukraine und so?"

„Glaube ich nicht", sagt Lotta. „Passt nicht zu deiner Mutter."

„Sehe ich auch so", bestätigt Toska. ...

Als Leonhard den Namen Emilie Reichow aufschnappt, wird er hellhörig. Über die Bücherrücken hinweg sieht er zwei jüngere Frauen, die sich in gedämpftem Ton unterhalten.

„Völlig durchgeknallt", schimpft eine Dunkelhaarige mit Pferdeschwanz, „möchte wissen, wer ihr das faschistische Gedöns eingeimpft hat."

„Leider hast du Recht, Lotta", stimmt eine schlanke Rothaarige mit Kurzhaarschnitt zu, „unfassbar, wenn man bedenkt, dass die bis vor Kurzem links geblinkt hat. Elias wird das nicht gefallen."

„Was wiederum dir gefällt, Toska", fällt ihr die andere ins Wort und handelt sich einen Knuff ein. „Was sagt übrigens dein neuer väterlicher Freund dazu?"

Leonhard kann einen Niesanfall und damit den abrupten Abbruch des Gesprächs der beiden nicht vermeiden.

Die rothaarige Toska schaut auf die Uhr, räuspert sich. „Ich muss nach drüben; vierzehn Uhr öffnet das Touristbüro wieder. Er schaut eventuell heute Nachmittag bei mir vorbei. Will sich die Ströher-Ausstellung anschauen."

Sagt's und eilt davon.

Leonhard meint, ihr Gesicht schon einmal gesehen zu haben. Er kramt in seinem Gedächtnis, ohne Erfolg. Wen hat sie mit 'er' gemeint? Doch wohl eher den 'neuen väterlichen Freund' als Elias. Wer könnte das sein?

Als auch Lotta-wer-auch-Immer gegangen ist, schlendert Leonhard zu dem Tisch, auf dem die beiden Frauen ihre Bücher haben liegen lassen – und wundert sich. In dem Essayband Vargas Llosas *Die Wahrheit der Lügen* stößt der Hobbyschriftsteller Aron auf die These: „Jeder gute Roman sagt die Wahrheit, und jeder schlechte Roman lügt. Denn 'die Wahrheit sagen' heißt für einen Roman, den Leser eine Illusion erleben lassen, und 'lügen' heißt, unfähig sein zu dieser Simulation." Er schmunzelt. Wahrheit und Lüge als ästhetische Kategorien, das gefällt mir. Kommissarin Schmidt denkt berufsbedingt in ethischen und moralischen Katgorien. Deshalb reden wir aneinander vorbei. Beatrice wird das verstehen.

Er blättert weiter und findet eine Notiz zu Max Frischs Roman *Stiller*: In dem Protagonisten Anatol Stiller „ ... gibt es ein romantisches Substrat – Unmögliches zu begehren -, das ihn zum Unglück verurteilt."

Am Abend notiert Leonhard in sein literarisches Tagebuch:

Der Meteor

Spontanem Einfall vertrauen,
auf dessen Wirkung bauen:
Sei er noch so verwegen,
scheinbar der Logik entgegen.

Des Einfalls Pfaden werd ich folgen,
falle keineswegs aus allen Wolken.
Auf der Feder Spürsinn ist Verlass.
Er ist mein Lasso, ist mein Ass.

Die wilden Pferde fängt es ein,
entsprungen Phantasie und Reim.
Gezähmt aufs Ende zu sie galoppieren.
Die Pointe lässt uns triumphieren.

Kapitel 26

Zwischenspiel

Leonhard hat eingedenk der legendären Treffen des Edgar Allan Poe-Folio-Clubs eingeladen: Mittwoch, sechzehn Uhr im Wintergarten der Seniorenresidenz am Simmerbach. Er werde aus seinem aktuellen Romanprojekt namens *Duell oder Duett?* vortragen; anschließend möchte er mit Minago darüber diskutieren. Kritische Anmerkungen seien ausdrücklich erwünscht. Gerne könne jedes Mitglied ein oder zwei Gäste mitbringen. Er selbst habe Christian Ströher und Mara hinzugebeten. Dass sie komme, bezweifle er allerdings; schließlich habe er ihr eine zweifelhafte literarische Rolle zugeteilt, wovon sie Wind bekommen habe. Nicht als Gast, schon gar nicht als Zaungast habe er zudem Falko, den sensationslüsternen Lokalreporter der HZ, eingeladen: Ohne es zu wissen oder gar zu wollen, spiele der eine nicht gerade unbedeutende Rolle im Kopfkino des Autors, also in einem Film, der sein Publikum suche; Performance-Art sozusagen.

Wie üblich hat Annemie einen Kuchen gebacken, dieses Mal Streuselkuchen, ohne sich dabei etwas zu denken. Corinna Schmidt ist gerne ihrer Einladung gefolgt, dieses Mal als literarisch interessierte Privatperson.

Beatrice stellt eine Kanne Kaffee auf den Tisch und Karl Kaul als Gast vor. Komplizenhafte Kungelei, geht es Leonhard durch den Kopf, während er seinen Kollegen aus Schulzeiten kopfnickend willkommen heißt. Der verzieht keine Miene.

Nach den Begrüßungsfloskeln legt Leonhard eine Kunstpause ein und dann los: „Otto Dix' *Selbstportrait als Schießscheibe II* war für Friedrich Karl Ströher mehr als ein Notgroschen. In grotesker Umkehrung des Dargestellten war das Gemälde eine Lebensversicherung für den armen Schlucker vom kargen Hunsrück. Und diese Police ist zwei Generationen später unrechtmäßig in unbefugte

Hände geraten. Artnapping der besonderen Art sozusagen. Ein Toter als zufälliger Kollateralschaden?"

„Sie spielen auf den Toten im Schloss an?", unterbricht Falko die Autorenlesung.

„Wie kommen Sie denn darauf?", entgegnet Leonhard scheinbar entrüstet.

„Liegt doch auf der Hand!", posaunt Falko.

„Auf welcher?", kontert Leonhard.

„Na hören Sie mal", wirft Falko ein, „nach allem, was man hört, hat man einen gewissen Tom Malik mit dem Holzrahmen des Dix-Gemäldes *Selbstportrait als Schießscheibe II* erschlagen."

„Was man so hört?", echot Leonhard.

„Da ist immer was dran", antwortet Falko trotzig.

„Spekulieren Sie weiter", sagt Leonhard, „als Romancier halte ich mich an die Fakten."

„Als Romancier", spöttelt Falko, „dass ich nicht lache!"

„Schreiben Sie, was Sie wollen", grummelt Leonhard, räuspert sich und fährt fort: „Tom Malik ist keineswegs Opfer eines Gewaltverbrechens."

Er macht eine Pause, als würde ihm plötzlich bewusst, wie aufmerksam man ihm zuhört. Er lässt seine Augen kreisen, dann buchstabiert er: „Tom ist Opfer seiner eigenen Erfindung."

„Die Geister, die er rief?", entfährt es Annemie.

„Tragische Falschprogrammierung?"

„So was in der Art, Beatrice", raunt Leonhard und liest weiter vor. „Die eigenen Daten, Gesichtsvermessung, Körpertemperatur, Hautspannung, Blutwerte und und und setzten den todbringenden Algorithmus einer autonomen Killerdrohne in Gang, unaufhaltsam, zielgenau, geräuschlos."

„Ohne Spuren zu hinterlassen?"

„Sieht man von den Würgemalen mal ab, Beatrice", bestätigt Leonhard und fixiert Falko, der fleißig notiert.

„Natürlich ist das reine Fiktion", sagt Leonhard mit nach oben gezogenen Brauen. „Dennoch schreibe ich keinen Science-Fiction-Schmarren."

Corinna hat irritiert zugehört. Wie kommt Aron zu unserer Zauberlehrling-These? Gespielt prustet sie los: „Zum Totlachen was Sie da zum Besten geben, Herr Aron."

„Über den Tod lache ich nicht", kontert Leonhard, „Lachen setzt Gleichgültigkeit voraus; das Gegenteil rumort in meiner Schriftstellerseele. Lesen Sie Bergson."

„So habe ich das nicht gemeint", beschwichtigt Corinna.

„Lassen Sie es sich gesagt sein", knurrt Leonhard, nun augenzwinkernd, „mit einem Schriftsteller an einem Tisch, müssen Sie Ihr kriminalpolizeiliches Ermittlungsbesteck beiseite legen."

„Das habe ich ohnehin im Präsidium gelassen, als ich mich in den erlauchten Minago-Kreis aufgemacht habe. Die Kritik, die Sie sich gemäß Einladungshinweis ja wünschen, wird rein ästhetischer Natur sein, versprochen."

„Da muss ich widersprechen", wirft Falko ein. „Ein Toter als zufälliger Kollateralschaden, wie Ihr Erzähler zynisch daherredet, das ist moralisch starker Tobak."

Leonhard lehnt sich zurück, die Hände geöffnet, ein Diskursangebot an die Gäste.

Kapitel 27

Selbstbildnis mit Pickelhaube

„Ob nicht schon in dem Unterfangen, einen lebendigen Menschen abzubilden, etwas Unmenschliches liegt, ist eine große Frage."
(Max Frisch, *Stiller*)

Leonhard zückt sein Smartphone und bittet Beatrice um ein gemeinsames Selfie, was sie bereitwillig mitmacht; im Bildhintergrund das restaurierte *Selbstbildnis mit Pickelhaube*.

„Porträtmalerei sei ein Akt der Promiskuität, in dem Kälte und Begehren bis zum Schluss koexistierten, lässt Rachel Cusk den Protagonisten ihres aktuellen Romans *Der andere Ort*, einen präpotenten, egomanen Künstler, sagen. Porträtkunst erfordere deshalb eine gewisse Hartherzigkeit."

„Was wäre dann das Selbstporträt, Beatrice?", fragt Leonhard und schiebt seine Hornbrille über den Nasenrücken zurück.

„Gestalterische Masturbation, was denn sonst", antwortet sie unverblümt.

Das Minago-Paar steht gedankenversunken vor dem *Selbstbildnis mit Pickelhaube* in der Ströher-Galerie. Sie haben gemeinsam die Patenschaft für das zerstörte Bild übernommen und schauen nun irritiert auf die perfekt restaurierte Fälschung.

Leonhard tippt einige Ziffern ins Smartphone. Dann liest er vor: „Dein Selfie Museum mit … interaktiven Kulissen und einmaligen Backdrops. Posiere oder tanze und schieße einen unvergesslichen Snap. … Pimpe deinen Social Media Feed mit Snapmyself."

„Selfie-Manie", stöhnt Beatrice, „was für eine Banalisierung des vormals amüsanten Ticks. Smartphone ersetzt Pinsel."

„Soll ich löschen?", fragt Leonhard gespielt bekümmert.

„Deine Einsicht kommt zu spät", wiegelt sie schmunzelnd ab.

„Selbstoptimierer einer Gesellschaft der Singularitäten, die ein Soziologe glaubt ausgemacht zu haben. Vielleicht hat er sich diese Idee aber auch nur zusammengeschustert."

„Vielleicht nur eine weitere Illusion in einer sinnentleerten Welt", meint Leonhard achselzuckend.

„Ich fotografiere, also bin ich", philosophiert Beatrice. „Drum die permanenten Ego-Updates, eine unentwegte Mitteilungssucht."

„Hm, da ist was dran. Eine Endloskette eingefrorener Momente, das sind Fotos nunmal, ohne dass ein Narrativ entstünde, oder?"

Beatrice tippt einige Ziffern in ihr Smartphone und zeigt Leonhard das Ergebnis her: „Ruth Martens *Mariner*, Ewa Juszkiewicz *Portrait of a Lady*, zwei topaktuelle Kunstwerke, die provokativ Züge von Naturalismus und Surrealismus vereinen. Und?"

„Du meinst die demonstrative Verweigerung des Porträts ..."

„... als künstlerische Absage an die medienalltäglichen sinnlosen Selbstbespiegelungen."

„Hm. Könnte sein. Doch lass uns hier und jetzt bei konkreteren Fragen bleiben", schlägt Leonhard vor und fährt sich durchs verstrubbelte Haar. „Etwa die: Was könnte den Pickelhauben-Künstler, und um einen Künstler handelt es sich zweifelsohne, was könnte ihn bewogen haben, Ströhers Malkunst nachzuahmen? Ihm gar ein martialisches Selbstporträt unterzujubeln? Oder nur ein scheinbar martialisches? Eher das Konterfei eines Märtyrers? Das geschundene Ich als Kunstwerk?"

„Fragen, die den Nagel auf den Kopf treffen, Leonhard", sagt Beatrice, „wenn ich es mal so platt grotesk pointieren darf. Es kommt auf den Blickwinkel an, darauf, was man sehen will."

Sie hält einen Moment inne, um dann eine Frage in den Raum zu stellen: „Könnte ja auch eine Kopistin gewesen sein, oder?"

Für eine Weile vertiefen sich beide in das Gemälde.

Bis Beatrice sich räuspert und eingesteht: „Als ich im Malkurs Kaul die Imitation entdeckte, habe ich ignoriert, dass sich hinter dem Fälscher – oder der Fälscherin? - ein wahrer Künstler verstecken könnte. Warum in Gottes Namen habe ich das nicht wahrhaben wollen?"

„Das Porträt, das er geschaffen hat, zeigt jedenfalls eindrucksvoll, dass er ihn sehen und lesen konnte, den Ströher Karl", sinniert

Leonhard. „Der verzweifelt melancholische Blick straft die Pickelhaube Lügen."

„Kokoschka, der Agatha Christie, die Queen of Crime, porträtierte, beide hochbetagt, meinte, ein Porträt sei der Versuch, eine Persönlichkeit einzufangen", sagt Beatrice.

„Also hinter die Gesichtsmaske zu schauen?", grübelt Leonhard. „Hinter das Mienenspiel und die Gesten zu schauen; den Hintersinn dessen zu erspüren, was Ströher von sich gegeben und wie er es getan hat."

„Inspiration sei gefragt", zitiert Beatrice Kokoschka. „Dazu die Maltechnik, die erspürte Persönlichkeit im Porträt aufscheinen zu lassen."

„Du meinst das Wortlose, das, was jenseits der Grenzen der Sprache liegt?"

„Zu dem Malerei, Musik und Tanz Zugang haben", bejaht Beatrice.

„Verdrängtes Leid, unverarbeitete Gewalterfahrungen, Entbehrungen, Enttäuschungen, vage Hoffnungen", vermutet Leonhard.

Sie legt eine nachdenkliche Pause ein, um sich nach einer Weile zu korrigieren: „Eigentlich, meint Kokoschka, eigentlich gehe es um ein Gespräch mit dem, den man porträtiert, also um eine Zusammenarbeit zwischen zwei Menschen."

„Die im Wesentlichen nonverbal verlaufen kann", meint Leonhard. „Erinnert mich an Zauberei, die im stummen Dialog mit dem Publikum eine gemeinsame Augenblickswelt der Illusion erfindet: Ein Kaninchen verschwindet, eine Frau wird zersägt. Der Zauberer erzeugt etwas, das irreal ist, und erschafft dabei durch geschickte Manipulation unserer Wahrnehmung die Vorstellung, es sei real. Macht er es perfekt, belohnt ihn die Begeisterung seiner Zuschauer. Die nehmen das Falsche so wahr, als sei es wahr. Dem liegt eine instinktive Annahme zugrunde: Alles, was wiederholt passiert und mit gleichem Ergebnis geschieht, laufe nach den gleichen Regeln ab."

„Wo liegt der Unterschied zum Betrug?", fragt Beatrice, die ihm aufmerksam zugehört hat.

„Nun", lächelt Leonhard, „das 'Opfer` der Täuschung hat derselben zuvor zugestimmt. Es sitzt schließlich in einer Zaubershow, für die es bezahlt hat."

„Da fällt mir ein, was ich heute gelesen habe", sagt Beatrice. „Ein Kiewer Gitarrenvirtuose berichtete von einer aktuellen Improvisationsession in der Stadt: Musik könne helfen, die Schrecken des Krieges zu überwinden, indem sie Angst und Verzweiflung therapiere und innerer Entleerung entgegenwirke. Die Gitarre sei für ihn zur Zeit Waffe und Medizin zugleich."

Leonhard schaut Beatrice aus großen Augen an und nickt. Nach einem Moment der Stille wendet er sich wieder dem Porträt zu. „Das Bild fasst mich an", gesteht er, „der magnetische Blick."

„Da leidet ein Mensch", schließt sie sich ihm an. „Was gerade in der Ukraine geschieht, die schrecklichen Bilder, sie lassen uns das noch intensiver sehen, empfinden."

„Deshalb ist die Promiskuitäts-Hypothese von Cusks Maler blanker Unsinn", urteilt Leonhard.

„Sie ist dem postmodernen Zeitgeist geschuldet, der gerade Lügen gestraft wird. Wie alt ist die Autorin, Leonhard?"

„Vierundfünfzigjährige kanadische Erfolgsautorin."

„Das wundert mich."

„Der Maler in ihrem Roman ist deutlich älter."

„Das wundert mich noch mehr."

„Die atmosphärische, genauer gesagt die stimmungsmäßig-emotionale Wirkung der *Pickelhaube* ist intensiver als die von Ströhers *Selbstporträt mit Stahlhelm*", raunt Leonhard. „Jedenfalls empfinde ich das so."

„Sollte ich mich tatsächlich getäuscht haben, Leonhard?"

„Du meinst: da war kein Meisterfälscher am Werk, sondern doch der echte Ströher?", fragt er und kratzt sich am Hinterkopf.

„Also ein Selbstporträt?"

In seinem Hinterstübchen buchstabiert er bereits den Monolog aus, ein Gespräch des Malers mit seinem versteckten Ich: „Der Krieg hat mich innerlich verstummen lassen. Entsetzt starren mich vorspringende Augen im Spiegel an: ..."

Beatrice umschließt mit Daumen und Mittelfinger die Stirn und sagt: „Ströhers Kriegserlebnisse könnten seine grundsätzlich schwermütige Einstellung zum Leben verstärkt haben, oder?"

„Schwermut als Symptom der ästhetischen Haltung gegenüber dem Leben", erinnert sich Leonhard. „Jedenfalls behauptet das Rolf, der Staatsanwalt in Max Frischs grandiosem Roman Stiller."

„Könnte durchaus auch auf Ströher zutreffen", sagt Beatrice, „was je nach Lebenssituation unterschiedlichen Einfluss auf seinen künstlerischer Stil hatte."

„Könnte sein", räumt Leonhard ein. „Vielleicht bringt uns dein kunsthistorischer Spürsinn weiter. In gewisser Weise haben wir es ja mit einem Künstler zu tun, der ein geheimnisvolles Stil-Chamäleon gewesen ist, oder?"

Sie wendet ihm ihren Blick zu, ein leises Lächeln in den Augen.

Kapitel 28

Zu Gast in Irmenachs Dorfkneipe *Zum Ströher*

*Die ehrlichen und wohlmeinenden Gastwirte haben den Brauch ein-
geführt, allen Gästen bei ihrer Ankunft einen Speisezettel vorzulegen;
haben diese dann gesehen, was für eine Bewirtung sie erwarten dürfen,
können sie entweder bleiben und sich an dem, was da ist, gütlich tun
oder zu einem andern Speisehaus weitergehen, von dem ihr Geschmack
sich mehr Behagen verspricht.* (H. Fielding, Tom Jones)

Hauptkommissarin Schmidt fährt, langjähriger Erfahrung und
bewährter Intuition vertrauend, nach Irmenach, dem Geburts-
und Sterbeort Karl Friedrich Ströhers.

Vor der Grabstätte des Hunsrückmalers, nur wenige Meter ent-
fernt vom Grab seiner 66 Jahre nach ihm verstorbenen Ehefrau
Charlotte, taucht Corinna in die Geschichte dieses seltsam aus aller
Zeit gefallenen Ehepaars ein. Ihr Blick streift dabei über die Silhou-
ette der Eifelhöhen am Horizont. Als eine Touristengruppe auf-
und ihre Gedanken durchkreuzt, verlässt sie eilends den geputzten
Friedhof Richtung Gaststätte *Zum Ströher*, der einzigen im Dorf.
Sie döst im Schatten der altehrwürdigen Dorflinde, die 1791 dem
Ganoven Schinderhannes zum Verhängnis geworden sein soll.

Beherzt stößt Corinna die mit einem Ströher-Konterfei bemal-
te Schwingtür zum Gastraum auf. Von der erdrückend niedrigen
Holzdecke hängen glockenförmige Leuchter herab. Sie werfen
schummrige Lichtkegel über klobige Holztische. Gegenüber der
Eichenholztheke erwartet ein Stammtisch seine allabendliche Runde. Das in der Tischmitte aufgespießte Ströher-Dorfwappen lässt
Corinna schmunzeln.

Zur Zeit stehe die Irmenacher Schlachtplatte auf der Speisekarte, hatte ihr der Wirt, der ihr zunickt, gesagt, als sie telefonisch
reserviert hatte. Noch ist sie die einzige Gast; doch nach und nach
finden sich die üblichen Kunden ein. Mit scheelen Blicken sieht
man kurz zu ihr, der Fremden, hin.

Der Wirt, dessen Bauchumfang sich wohl dem regelmäßigen Zuspruch zur Schlachtplatte verdankt, tischt Corinna auf. Das einzige Gericht im Angebot, weshalb sich eine Speisekarte erübrigt, denkt sie sich. Die Ausdünstung der schlachtfrischen, jüngst erhitzten Würste vermischt sich bizarr mit Schweiß und abgestandenem Rauch, die schwer in der Luft hängen. Mit großen Augen blickt Corinna auf den Berg von Blut- und Lewwawoorschd nebst Krumbeerstambes und Saure Kabbes. „En Guure", grummelt der Wirt und schlurft zurück hinter die Theke.

Während sie den Berg abarbeitet, wird die Kommissarin Zeuge eines Stammtischgeplauders, das sie aufhorchen lässt. Soweit sie dem Mundartkauderwelsch zu folgen imstande ist.

„Is doch tatsächlich schun wiere ääna im Sesammehang mit em Bild von uusem Ströher Karl im Siemascha Schloss iwa die Wubba gang. Dunnerkeil!"

Bei diesen Worten verteilt der Wirt handsignierte Bierkrüge.

Corinna fragt sich, ob Verwunderung, Empörung oder sensationsgierige Wichtigtuerei in dem Hinweis des Wirts mitschwingen.

„Egal, Prost!", tönt ein stämmiger Glatzkopf, nimmt einen kräftigen Schluck und wischt sich mit dem Handrücken die Schaumkrone vom Schnurrbart. „Dem hod äna die Piggelhaub vum Karl Friedrich uff de Kobb geschlaan", tönt er und zupft sich am Ohrring.

„Wadma so herd", grummelt sein Sitznachbar. „Wema bedengd, dad uuse Ströher Karl en lammfromma Kerl gewäs is ..."

„... dann wundert man sich", unterbricht ihn ein anderer, der sich soeben eingefunden hat, „welch tödliche Spur seine Werke nach sich ziehen, oder? Wenn ich nur an die Marlow-Brüder denke, die sich jetzt die Radieschen von unten anschauen. Vielleicht hat die Charlotte Ströher etwas in der Art geahnt und deshalb jahrzehntelang alles gehortet."

„Blödsinn!", blökt der Sitznachbar.

„Mach mo en Runde Tresda", ruft der Stämmige dem Wirt zu, der dabei ist, die Batterie der Schnapsgläser im Wandschrank hinter der Theke zu polieren.

„Wie en Gluck hod se uff da Bilda druff gehuckd", nörgelt er und entlässt einen Rülpser. „Dodevor is de Ströher vun da Landkaad verschwun wie aach uus Doaf."

„Stimmt nicht. Die Amis vom Hahn haben früher hier in der Kneipe unseren Mädchen den Hof gemacht."

„Schwätz nid so geschwoll doher. Die hon se flachläe wulle."

„Auf dem Weg sind vor kurzem zwei Bilder vom Ströher Karl wieder aufgetaucht. Ein Porträt vom Kimel Fritz und ein Kuhgespann, das der Ströher auf der Feldflur gemalt hat. Eine Großnichte von ihm hatte einen Ami vom Hahn geheiratet und die Bilder damals in die USA mitgenommen und sie jetzt zurückgeschickt."

„Wad willsde nou domit saan?", krächzt der Stämmige, reckt das Kinn und kippt den Trester, der gerade aufgetischt wird, flugs hinunter, ohne mit den Stammtischbrüdern anzustoßen.

„Hoffe ma mol, dad uus Bäuerinne aach wiere ufftauche. Die missde ma dann eyendlisch uffkaafe un in uus Gemändehous hänge, ore?", fragt er in die Runde. „Isch schlan dad mol im Gemenderad vor."

„Dou willsd Bürjameisda wäre", frotzelt jemand vom Nachbartisch herüber.

„Kann schon senn", folgt die trockene Antwort auf dem Fuß.

„Hey Anton, bessa dou kääfsd die *Irmenacher Bäuerinne* un hängsd se in deyna Kneip uff", ruft ein Schmächtiger, der bislang geschwiegen hat. „Die ziehe Tourisde aan. Die kumme hie in dey Stub dad Bild gugge un esse un dringe dobey wad."

„Mo gugge", grummelt der Wirt, bemüht seinen Schluckauf zu bändigen.

Corinna jongliert ihr Bierglas zum Stammtisch und pflanzt sich neben den Stämmigen, der Maulaffen feilhält.

„Hauptkommissarin Schmidt", sagt sie und zeigt ihren Dienstausweis her.

„Verdeckte Ermittlung?", argwöhnt er und wendet sich an seine Stammtischbrüder, die Augen machen: „Mit der im Schlepptau" - bei diesen Worten zuckt sein Kopf Richtung der Ermittlerin - „können wir unsere Bäuerinnen abschminken, oder?"

„Klingt, als wüssten Sie mehr", kontert Corinna.

„Was Sie nicht sagen", sagt er und prostet den anderen zu. „Wir Irmenacher halten zusammen, Frau Hauptkommissarin", raunt er, „spät, aber nicht zu spät."

Merkwürdig, wie er seinen Dialekt flugs in die Ecke verbannt hat, wundert sie sich. Als wolle er vor seinem Publikum Gewichtiges andeuten, es vor ihr, der Schnüfflerin, aber verschleiern, was auch immer. Beim Blick in die Augen der Stammtischler muss sie sich eingestehen, dass den Burschen nicht mehr zu entlocken sein wird.

„Hodd's da nid geschmeckd?", mäkelt einer unvermittelt und glotzt zu dem nur halb abgetragenen Berg, den Corinna hinterlassen hat, hin.

„Nur zu!", ermuntert sie ihn grinsend und er lässt sich nicht zweimal bitten; was keinen zu verwundern scheint. ...

Kapitel 29

Entschleierungen

Zurück im Präsidium, erwartet sie eine Überraschung: Als sie die Tür ihres Dienstzimmers öffnet, merkt sie sogleich, dass etwas nicht stimmt. Auf dem Schreibtisch ein Kuvert; darauf mit schwungvoller Handschrift in blauer Tinte geschrieben ihr Name: *Corinna Schmidt, Hauptkommissarin.* Sie reißt das Kuvert auf und starrt auf ein Foto, das ihr den Atem raubt: ein schlanker Mittzwanziger, schwarzes Langhaar und schwarzer Schnäuzer; auf seinen von einer rostroten Lederjacke mit RAF-Signet bekleideten Schultern balanciert er, die bestrumpften Beinchen umklammernd, ein Mädchen mit grüner Zipfelmütze und dem roten Stern, die sie, Corinna, nur zu gut kennt. Allzu gut kennt sie auch den Klostergarten, in dem das Foto entstand. Auf dessen Rückseite steht: „Maximilian Tesche und Corinna Schmidt, Mai 1975". Ihr zweiter Geburtstag.

Ihr wird schwindlig. Sie hat das Gefühl, sich erbrechen zu müssen. Sie reißt das Fenster auf, ihr Brustkorb hebt und senkt sich. Sie eilt zum Pförtner und fragt, ob ein Mann um die siebzig, hager, graumeliertes Haar, aufgekreuzt sei und nach ihr gefragt habe. „Ja, der kam nach wenigen Minuten achselzuckend wieder zurück. Ich dachte, Sie seien in Ihrem Zimmer, Frau Hauptkommissarin", entschuldigt er sich.

„Das Denken sollten Sie uns überlassen!", schnauzt sie ihn an.

Von wegen unverhoffte Vaterschaft, schießt es ihr durch den Kopf. Sie sinkt in ihren Bürosessel und rauft sich die Haare.

Glatte Lüge, die er mir kurz nach der Beerdigung meiner Halbschwester Judith auftischte. Mein biologischer Vater tatsächlich ein ehemaliger Linksterrorist? Ich könnte kotzen! Wäre er damals einer uniformierten Corinna Schmidt über den Weg gelaufen, hätte er auf sie geballert.

Sie schnappt sich die Raulederjacke und macht sich auf den Weg zu ihrer Wohnung, um den ungeöffneten zweiten Brief des

Vaters nun doch zu lesen: *Wollte dich von mir verschonen. Meine revolutionäre Mission hätte dir nur geschadet. Verzeih mir, so du es kannst. Dein dich liebender Vater.*

Corinna nimmt Kontakt zum LKA, Abteilung Terrorbekämpfung, auf und erhält umgehend die erwartete Bestätigung: Ihr Vater Maximilian Tesche gehörte seinerzeit zum harten Kern der RAF. Erst zweitausendfünfzehn, also Jahre nach der Verjährung der ihm zur Last gelegten Delikte minderschweren Kalibers tauchte er wieder auf, um als Hausmeister in einem Gymnasium in Reinickendorf unerkannt ein kleinbürgerlich-unauffälliges Leben zu führen. Wohin er zuvor jahrzehntelang abgetaucht war, sei unklar. Aufhorchen lässt Corinna dann doch ein aktueller Vermerk des LKA: Maximilian Tesche ist eine Zielperson der schier ausufernden Liste einer rechtsradikalen Gruppierung, die es sich auf die Fahne geschrieben hat, ehemalige RAF- und andere Mitglieder linksextremistischer Terrorbanden zu liquidieren.

„Wusste Hauptkommissarin Corinna Schmidt, dass ihr Erzeuger ein scheißlinker Hetzer war, ein Ungeziefer, das es zu vernichten gilt, damit es unseren Volkskörper nicht verseucht? Ist sie also ein ebensolches Ungeziefer?"

Bei der Durchsuchung der Wohnung der getöteten Emilie Reichow wird man wenig später auf eine Todesdrohung stoßen, versteckt im rudimentären Manuskript einer Krimikurzgeschichte mit dem Titel *The nothing woman.*
Corinna rutscht der Boden unter den Füßen weg. Verzweifelt wendet sie sich in nahezu gleichlautenden Briefen, digitalen Kanälen traut sie nicht über den Weg, an Pfarrer Johannes Simon und Johannes Haller, ihre Seelenfreunde.

Lieber Johannes,

nie im Leben hätte ich gedacht, in einen derartigen Abgrund blicken zu müssen. Wie naiv und blind bin ich gewesen! Hauptkommissarin

Schmidt hat alle Warnhinweise und Stopschilder ignoriert und ist sehenden Auges auf den Abgrund zugerast. Im Moment weiß ich nicht einmal, ob ich an dessen Rand abgebremst habe oder … bereits abstürze.

Ich versuche mich zu sortieren, in der Hoffnung, dass du, lieber Johannes, mir zuhörst, ohne mich voreilig abzuschreiben. Nun, ich fasse mich kurz. Die Sache ist die: Mein Erzeuger, dem ich, soweit ich mich erinnere, nur einmal begegnet bin, flüchtig, ist, wie ich erfahren musste, ein altachtundsechziger Terrorist, der mit Raffinesse und Dusel bislang immer ungeschoren davongekommen ist. Auch vor dem Knast. In Berlin überwinterte er jahrelang hinter einer bieder-kleinbürgerlichen Tarnmaske. War es Zufall, dass ausgerechnet er, dessen Geburtsort Simmern auf dem Hunsrück ist, engeren Kontakt mit dem Kunsträuber, Hehler und Hochstapler hatte, der zweitausendsiebzehn der Ströher-Stiftung drei gestohlene Ströher-Gemälde andrehte? Nicht unwahrscheinlich, dass 'mein Vater' sogar ein weiteres Bild des Hunsrückmalers besessen hat: Selbstbildnis mit Pickelhaube, sofern es ein echter Ströher und nicht, wie vermutet wird, eine Fälschung ist. Die Frage, weshalb er es, so meine Vermutung, kürzlich in die Dauerausstellung Ströher geschmuggelt haben könnte, kann ich noch nicht beantworten. Jedenfalls gibt es Indizien, dass er die vermeintliche Entführung Emilie Reichows beobachtet hat, dass er sich also tatsächlich gegenwärtig in Simmern aufhält beziehungsweise aufgehalten hat: eine Videoaufnahme, eine Zeugenaussage, ein Foto auf meinem Schreibtisch.

Der Verbleib der zweitausendeinundzwanzig geraubten Irmenacher Bäuerinnen bei der Heuernte ist übrigens nach wie vor ungeklärt. Mein Verdacht, Elias Marlow könnte sich die Bäuerinnen unter den Nagel gerissen haben, relativiert sich soeben.

Maximilian Tesche, wie er sich nennt, höchstwahrscheinlich hat er sich den Nachnamen zwecks Tarnung zugelegt, ist, womit er mutmaßlich nicht gerechnet hat, zusammen mit anderen abgetauchten RAF-Mitgliedern, linken Politikern und Journalisten sowie Juden und muslimischen Migranten ins Visier rechtsradikaler Racheengel geraten. Sie machen die „links-grün-versiffte Mischpoke" für den „Niedergang des deutschen Vaterlands" verantwortlich.

Ein führendes Mitglied dieser Neonazis ist beziehungsweise war ausgerechnet Emilie Reichow. Was für eine paradoxe Konstellation: Meine verflossene Freundin beabsichtigte meinen Erzeuger, von dessen Existenz ich, die Polizistin, vor wenigen Jahren erst beiläufig erfuhr, zu liquidieren. Und ebendieser Maximilian Tesche war (und ist?) mit dem Ganoven verbandelt, der die Ströher-Stiftung düpierte.

Wenn es mir nicht gelingt, die ganze Scheiße aufzuklären, werde ich meinen Job an den Nagel hängen.

Ich weiß, lieber Johannes, du wirst nicken und in Gedanken ein „Ja, aber" hinterherschicken.

Es grüßt dich deine zur Zeit von sich selbst enttäuschte, genervte, ja auch recht ratlose

Corinna

PS: Über die Rolle des Zufalls in meinem Leben muss ich nachdenken. Das beginnt schon mit der unverrückbaren Tatsache, wo und unter welchen Umständen ich geboren wurde. Übrigens kein Grund zu jammern, es hätte viel schlimmer kommen können. Aber diese zufällige Tatsache erklärt einiges, was mein Selbstverständnis und meine grundsätzliche Befindlichkeit ausmacht. Ich überlege, mir professionelle Hilfe angedeihen zu lassen.

Kapitel 30

Kunstgespräch

„Ich habe mich möglicherweise geirrt, Karl", räumt Beatrice ein. „Die *Pickelhaube* vielleicht doch ein Ströher?"

Kaul schaut sie aufmerksam an, die ergrauten buschigen Brauen hochgezogen. „Die Analyse der verwendeten Farben und des Materials des Bildhintergrunds schließen es zumindest nicht aus. Obendrein das angedeutete Bild im Bild. Vor allem aber die Hinweise in den Notizen, die jüngst aufgetaucht sind."

„Du meinst die Notizen, die als Beipack zu den beiden Ströher-Gemälden von Ruth Sullyvan aus Wisconsin der Stiftung übereignet wurden?"

„So ist es", antwortet Beatrice. „In Ströhers Anmerkungen zum *Kimel Fritz* finden sich Hinweise auf das *Pickelhaube*-Gemälde. Das habe Ströher dem Porträtierten, einem frühen Verwandten der Deutsch-Amerikanerin, seinerzeit geschenkt. Erste Indizien der Existenz eines Pickelhaube-Bilds."

„Hm", meint Kaul und fährt sich durch den weißen Haarschopf, „überprüfen lässt sich das alles nicht mehr, oder?"

„Kennst du einen Kunstexperten, der uns weiterhelfen könnte?"

„Ein Name geistert mir durch den Kopf, Beatrice: Esperanza Larmaky. Wenn mich mein poröses Gedächtnis nicht täuscht, war die Dame mit dem fremdländischen Namen eine echte Ströher-Kennerin."

„Und wo finden wir sie?"

„Ich werd mal in meinen Aufzeichnungen blättern", meint Kaul. „Könnte sein, dass ich irgendwo eine Adresse habe."

Schlusskapitel 31

Die Rache der KI?

Corinna Schmidt, die gerade die Teambesprechung eröffnet hat, wird von *Melissa* unterbrochen: Die SMS schneidet ihr ins Herz: *Emilie Reichow tot aufgefunden.* Mit hochrotem Kopf schiebt sie das Smartphone Beate Wunderlich über den Konferenztisch zu. Die Kollegin schaut sie aus weit aufgerissenen Augen an: „Tut mir unendlich leid, Corinna", stottert sie und informiert die Kollegen.

Jörg Bachmann zupft sich am Ohrring, räuspert sich und fragt: „Wer ist der Absender, Corinna? Ist die Nachricht überhaupt glaubwürdig?"

Mit diesen Anmerkungen weckt er die Lebensgeister seiner Chefin.

„Gut dass du diese Fragen stellst, Jörg", sagt sie mit einem dankbaren Augenaufschlag. „Außer euch haben nur einige wenige meine Dienstnummer."

Sie blickt in die Runde. „Lukas, nimm Kontakt zu den Spezialisten der KTU auf. Die sollen herausfinden, wer die SMS gesendet hat."

„Schon seltsam, dass weder Ort noch Zeit oder Ursache des behaupteten Todesfalls genannt werden. Will dich da jemand vielleicht nur in Panik versetzen?"

„Wozu, Jörg?", fragt Corinna mit gerunzelter Stirn. Sie tippt Ziffern in ihr Handy und stellt auf Mithören: „Sie sind verbunden mit 01714970855. Versuchen Sie es später wieder."

„Emelies Nummer?", fragt Beate und Corinna nickt mit hochrotem Gesicht, um dann eine weitere Ziffernfolge einzutippen. „Elias Marlow, ich bin zur Zeit mit anderem beschäftigt. Melde mich, sobald ich Zeit habe."

Kaum hat Corinna aufgelegt, erfolgt der Rückruf. Mit tränenerstickter Stimme stammelt er: „Emilie ist tot. Kannst du bitte vorbeikommen. Bin bei Leonhard. Wollte dich gerade anrufen." …

„Was ist passiert?", fragt Corinna, die Elias und Leonhard gegenübersitzt.

„Tim hat sie tot auf dem Balkon gefunden. Ihren Blick werde er nie vergessen: eine Mischung aus Überraschung und Panik, so jedenfalls habe er es wahrgenommen."

„Hatte der einen Schlüssel zu ihrer Wohnung?", fragt sie verwundert.

Elias nickt, ohne etwas dazu zu sagen.

„Hat er sie zufällig aufgesucht?"

„Keine Ahnung."

„Wer oder was hat sie wann umgebracht?"

„Fragen, die ich mir auch stelle", sagt Elias und zuckt mit den Schultern. „Der Notarzt konnte nur den Todeszeitraum abschätzen, maximal acht Stunden, bevor Tim bei Emilie aufkreuzte. In Sachen Todesursache konnte er nichts feststellen. Anscheinend keine äußeren Merkmale. Obduktion, du weißt schon. Einige Blutspritzer auf dem Balkonsichtschutz stammen von Tim, der sich kürzlich verletzte, wie er sagt."

In die Schweigepause hinein fordert Leonhard: „Das Plastikteil, von dem dir Tim berichtet hat, Elias!"

Der reibt sich über das vorgereckte Kinn, sucht Corinnas Blick und berichtet: „Lag neben der Toten. Hat Tim an ein Flügelteilstück unserer Drohne erinnert."

Corinnas Brauen schießen hoch.

„Wir können uns das noch nicht erklären", sagt Elias.

„Haben die Mainzer Kollegen der KTU das Teil zur Analyse ..."

„Nein, nein", unterbricht Elias sie, „wir werden das selbst untersuchen."

„Ihr unterschlagt damit ein mögliches Beweisstück, Elias!", braust sie auf.

„Werd dich informieren, sobald ich Genaueres weiß, Corinna. Ich muss los."

„Darum geht es nicht", ruft sie ihm zu. „Ihr behindert die Ermittlungen."

„Wenn schon", antwortet er schroff, steht auf und eilt gruß- los davon.

„Deshalb darf das Plastikteil auf Emilies Balkon aus Sicht der beiden auf keinen Fall in die Hände der KTU geraten", denkt Corinna laut nach. „Ich frage mich, warum gerade Tim die Leiche entdeckt hat. Das kann kein Zufall gewesen sein, dass er dort auftauchte, oder?"

Leonhard zuckt die Achseln, was Corinna zu einer ätzenden Replik provoziert: „Dein Romanprojekt wird Wirklichkeit. Gratuliere!"

„Warum so bissig, Corinna?"

„Eine motivlose Technologiepanne als Todesursache, ein Programmierfehler, eine im Selbstlernprogramm des Algorithmus unerwartete, unvorhersehbare Gewichtung und Bewertung von Daten mit tödlichen Folgen, was auch immer? All das könnte dir in den Kram passen, oder?"

„Hm", grübelt Leonhard, „ein weites Feld ungelöster moralischer und juristischer Fragen breitete sich aus, keine Frage."

„Die Grundpfeiler der Aufklärung, insbesondere das Autonomiepostulat gerieten ins Wanken", setzt Corinna den Gedankengang fort; als wolle sie von ihrer Aufgewühltheit ablenken, spult sie wie in Trance Sätze ab: „Verantwortungs- und Schuldzuordnung verkomplizierten sich ungemein, unser bislang zumeist erfolgreiches Fahndungsbesteck wäre von jetzt auf gleich mit Patina überzogen, KI-Kompetenz könnten sich unsere staatlichen Sicherheitsinstitutionen finanziell kaum leisten, das Hase-und-Igel-Spiel geriete in eine neue, eine groteske Umlaufbahn."

Leonhard holt tief Luft und lächelt beschwichtigend: „Schuster, bleib bei deinem Leisten. Mein Motto. Ich vermute, minagosche Schwarmintelligenz wird das eine oder andere Motivmonster Doktor Freuds geheimnisvoller Zauberkiste entlocken. Ich halte dich auf dem Laufenden, mein Wort darauf, Corinna."

Ein Blitz zerreißt den Himmel, Sekunden später lässt ein Donnerschlag die Scheiben klirren. Kater Murr streckt sich mit einem fauchenden Gähnen.

„Altvordere Ermittlungsmethoden haben noch nicht ausgedient, wenn es menschelt. Und es menschelt im Todesfall Emilie Reichow, in deinem und in unserem Fall. Ich habe da so eine Ahnung."

Leonhard reicht der finster dreinschauenden Ermittlerin ein Glas Wasser, schaut sie nachdenklich an und sagt: „Die beiden haben einen schrecklichen Verdacht."

Corinnas Augen, von Tränen verschleiert, verengen sich zu Schlitzen.

„Selbstlernende Algorithmen, du hast sie eben selbst erwähnt."

Corinna nickt.

„Die KI AlphaGo des zu Google gehörenden Unternehmens Deepmind erlernte das Go-Spiel, eine im asiatischen Raum beliebte hochkomplexe Schachvariante", erklärt Leonhard. „AlphaGo trainierte sich selbst und in der Folge besiegte es tatsächlich den Großmeister Lee Sedol, den besten menschlichen Spieler, mit einem genialen Zug. Der Algorithmus wusste nämlich, dass dieser Zug so nicht von Menschen gespielt wird und trotzdem erfolgversprechend ist. Von einer Maschine in einem Spiel deklassiert zu werden, über das kluge Köpfe seit Jahrhunderten nachgedacht haben, revolutionierte die Go-Strategien und löste einen enormen Innovationsschub aus, befördert von riesigen Investitionen."

„Moment mal", entfährt es Kommissarin Schmidt, „Sie, äh du meinst, Emilie könnte Opfer der von Elias, Tim und Tom entwickelten selbstlernenden Kampfdrohne geworden sein?"

„Nicht ich meine das", stellt Leonhard klar, „Tim und Elias meinen, das aufgrund des gefundenen Teilstücks nicht ausschließen zu können. Sollte es tatsächlich ein Plastikelement ihrer Erfindung, ihres Flugroboters, sein. Warum sie den verdammt noch mal ´Leonardo` getauft haben, ist mir übrigens ein ärgerliches Rätsel, wie so vieles in diesem Forschungssektor. Allerdings habe ich kürzlich von einer marktmächtigen italienischen Rüstungsfirma namens ´Leonardo` gehört, die unter anderem in der Luft- und Raumfahrttechnik unterwegs ist."

„Mal angenommen, eine solche Science-Fiction-Tötungsmaschine gäbe es tatsächlich", raunt Schmidt und fährt sich durchs borstige Kurzhaar, „dann wäre es doch purer Zufall, dass gerade Emilie Reichow Zielobjekt eines Angriffs geworden wäre. Oder verstehe ich da etwas nicht?"

„Eben nicht, würde Elias dir antworten, hat er mir geantwortet. Frag mich bitte nicht, wie er zu dieser Einschätzung kommt. Ich weiß es nicht. Kapiert habe ich, dass dies Teufelszeug in der Lage ist, selbst ein Ziel zu finden und es exakt zu treffen, auch wenn es sich außer Sichtweite seines Startpunkts befindet. Da bedarf es wohl nur eines Vernetzungslinks, vermute ich. Elias ist zudem der festen Überzeugung, dass KI keineswegs a priori mit menschlicher Intelligenz identisch sein muss, dass sie sich von ihr unterscheidet. Daran müsse man denken, wenn man ihr Entscheidungen überlasse.

Nach meiner Lebenserfahrung gibt es Zufälle, die nichts beweisen, die allenfalls auf die Absurdität unseres Daseins verweisen. Sie lehren uns bestenfalls die Einsicht: Je präziser wir planen, desto genauer irren wir. Elias hat mir darauf entgegnet: Kein Zufall stößt uns zufällig zu. Na ja. Frisch oder Dürrenmatt. Wer hat Recht? Ich glaube, die zwei Tüftler haben mittlerweile Angst vor ihrer eigenen Kreation. Goethes Zauberlehrling lässt grüßen."

Kapitel 32

Die Tote auf dem Balkon

„Was für ein Weibsbild!", schwärmt Fernau, Bachmanns Zimmerkumpel aus Zeiten der gemeinsamen Polizeiausbildung an der Fachhochschule Hahn.

„Du kannst es einfach nicht lassen, selbst im fortgeschrittenen Mannesalter nicht", stellt Bachmann trocken fest.

Sie sitzen auf der sonnenbeschienenen Terrasse des Dom-Cafés.

„Die Leiche lag mitten auf dem Balkon, zwischen umgekipptem Klappstuhl und Party-Grill", berichtet Konstantin. „Blutspritzer auf der Schilfrohrmatte, Sichtschutz des Balkongeländers. Zusammengekrümmt, wachsbleiche Lippen und Augen, in denen Entsetzen lag. Doch ihre rassige Schönheit war nicht völlig ausgelöscht."

„Sachdienliche Hinweise, Konstantin", drängt Jörg.

„Dieses Prachtweib muss eine Wucht im Bett gewesen sein, habe ich Murnau gesagt", sagt Fernau. „Der stand blutleer im Türrahmen, als wäre er aus Holz, und glotzte uns aus tiefliegenden runden Augen an, unzugänglich, wie ausgetrocknet."

„Hatte er euch informiert?"

„Glaub schon. Wer sonst?"

„Keine Zeugen, niemand der etwas gesehen oder gehört hat?"

„Null. Wir haben alle Nachbarn befragt. Keine Überwachungskameras. Fünfzigerjahre. Nichts gehört, nichts gesehen, nichts bemerkt."

„Deine Einschätzng, Konstantin?"

Der lässt sich Zeit mit einer Antwort.

„Da mauern viele. Keine Ahnung, warum."

„Murnau?"

„Vergiss es", antwortet Fernau, „der hat keinen Arsch in der Hose. Hat gebibbert vor der Leiche, wie Espenlaub."

„Was hast du gedacht, als du sie sahst? Wie ist sie ums Leben gekommen?"

„An Mord oder Totschlag habe ich zunächst tatsächlich nicht gedacht. Eher an einen Unfall."

„Weil?"

„Keine Kampfspuren. Friedliche Atmosphäre. Kein Lärm. Nichts. Keine Hintergrundinfos. Mein inniger Wunsch, dass die Straßen nicht mit Leichen gepflastert sind. Such dir was aus."

Als Jörg mir davon erzählte, notiert Corinna in ihr Kopf-Notizbuch, hatte ich den seltsamen Eindruck von einer x-beliebigen Filmszene. Naturgemäß blendet sie den Alltagskontext aus, was mich immer traurig stimmt. Notwendigerweise, denn der ist medienuntauglich. Film und Literatur meiden ihn wie der Teufel das Weihwasser.

Was für ein paradoxer Vergleich!, fällt mir gerade ein. Der Teufel ist kein Filme-Macher – oder doch? Der profane Alltag weiß nichts von Weihwasser. Folgt daraus, dass allenfalls die Punktualität intensiver Begegnungen das Lebensfeuer flackern lässt, das erotische Feuer am Leben hält? Wie bitter wäre das! Sisiphus ließe grüßen.

Die Zementierung der Macht, aufgeteilt in die Macht davor und die Macht danach. Beide bedingen sich allerdings dialektisch. Was kaum jemand kapiert. Mit den bekannten verheerenden Folgen, für beide.Wovon andere wieder profitieren.

Ein mal eins ist eins. Aber ist eins und eins tatsächlich zwei? Zwischenmenschlich doch oft eher weniger als eins. Dennoch bleibe ich optimistisch, was das anbelangt: also eins mit Sternchen.

Kapitel 33

Übertölpelung

Eine anonyme Nachricht hat die Fahnder der *Soko Leonardo* zu dem einsamen Haus auf der Hohenstocker Höhe nahe Willmerod gelockt. Der Schlüssel, um das Schloss des Ströher-Mythos aufzuschlie-ßen, sei dort zu finden, hieß es kryptisch. Trotz aller Warnungen von Kollegen entschloss sich die Soko-*Leonardo*-Chefin, den ominösen Zielort aufzusuchen. Eilends recherchierte sie zuvor, wer der Besitzer des Hauses ist: Ruth Sullyvan.

Die Abenddämmerung kriecht bereits heran. Hauptkommissarin Schmidt und ihr Stellvertreter Oberkommissar Bachmann ziehen schusssichere Westen an und versichern sich, dass ihre Sig-Sauer-Dienstwaffen geladen sind. Corinna steckt sie in das Gürtelholster unter der Raulederjacke. Wie ein Einbrecher umrundet sie in gebückter Haltung den heruntergekommenen Bungalow auf der Hohenstocker Hügelkuppe. Regen peitscht das Heckengestrüpp aus, das sich um das verwilderte Anwesen geschlungen hat. Auf dem Boden knirscht und knackt es. Eine Eule beschwert sich krächzend. Corinnas Zähne mahlen aufeinander, als sie sich an einem dornigen Ast den Handrücken aufritzt. „Aua!" Sie zieht die Vokale einige Sekunden hinter sich her.

Mit entsicherter Waffe in der Rechten tritt ihr Kollege die wurmstichige Holztür des Hauses ein, nachdem weder Klingeln noch Rufen eine Reaktion bewirkt haben. Bachmanns Gefühl von Stärke verdankt sich nicht zuletzt der Linie Koks, die er vorsorglich gezogen hat. Zudem strahlt die Ruhe seiner Chefin Sicherheit aus. Vorsichtig lugt er in den dunklen Flur und leuchtet ihn mit der Taschenlampe über der Pistole aus. Kein Laut ist zu hören, gespenstige Stille. Modriger Geruch schlägt ihm entgegen.

Er tastet sich nach vorne, die Diele ächzt, er tritt durch die halboffene Tür und blickt auf eine Sperrmüllhalde. Im selben Moment fällt ein Schuss, Bachmann greift sich an die Brust, torkelt, sinkt zu Boden und schlägt mit der Schläfe auf ein Holzscheit.

Corinna, die tief ein- und ausatmend durch ein verschmutztes Fenster in den Raum lugt, blickt im Lichtstrahl von Jörgs Taschenlampe für den Bruchteil einer Sekunde in die weit aufgerissenen Augen einer Person, die sie zu kennen glaubt. Ein Stich fährt ihr in die Brust. Der Mann hechtet zur Seite, dabei löst sich ein Schuss aus seiner Pistole. Blitzartig ist Corinnas Polizistinnen-Instinkt geweckt: Mit dem Kolben ihrer Sig Sauer zerschlägt sie die Scheibe, zwängt sich durch den Fensterrahmen und schießt mehrfach in Richtung der Person, die durch eine Seitentür davoneilt. Als Schmidt sich schwer atmend aufrichtet, schießt eine Flamme aus dem offenen Kamin und schlängelt sich Richtung Raummitte. Später wird sie sich an ein scheinbar belangloses Detail erinnern, Folge des Adrenalins, das freigesetzt wurde. In einer Gefahrensituation, das weiß sie, speichert das Hirn Kleinigkeiten ab, selbst solche, die belanglos sind. Mehrfach hat sie das erfahren. Ihr Blick folgt dem Zinnsoldaten, der von einem Holzregal purzelt und einem Stuhl entgegenrutscht, auf dem wie leblos ein gefesselter Mann sitzt, den Kopf zur Seite geneigt, Knebel im Mund, Binde über den Augen, die ebenso bereits Feuer gefangen hat wie das blutverschmierte T-Shirt. Resolut springt Schmidt aus ihrer Lederjacke und drischt damit auf den Gefesselten ein, bis das Feuer erlöscht. Mit ihrem Klappmesser durchschneidet sie die Fuß- und Handfesseln, befreit ihn von dem Knebel, löst die verkohlte Binde von den Augen und schlägt ihm beherzt links und rechts auf die Backe. Sie staunt nicht schlecht: Christian Ströher, der Nachbar Leonhards. Stöhnend öffnet er die blutunterlaufenen Augen und spuckt einen Blutschwall aus.

Schmidt zückt ihr Handy und fordert Notarzt, Kollegen und die KTU an.

Da erst fragt sie sich: Wo ist Bachmann? Sie eilt Richtung Flur und stürzt beinahe über dessen Körper, der gekrümmt im Türbereich liegt. Sie fühlt seinen Puls und atmet auf: anscheinend nur eine Schusswunde im linken Oberschenkel, das Hosenbein satt vor Blut. Die Kugel hat wohl den Muskel verletzt, aber weder Arterie noch Knochen getroffen, vermutet sie. Notdürftig schnürt sie mit einem Stofffetzen den Schenkel oberhalb der Wunde ab, um die Blutzufuhr zu unterbrechen. Bachmann stöhnt auf, der Schockzustand ist offensichtlich vorbei. Sie streicht ihm über die blutverschmierte Stirn: „Der Krankenwagen wird bald eintreffen", beruhigt sie den Kollegen, dessen weit aufgerissene Augen im schmerzverzerrten Gesicht sie ungläubig anstarren. Seine Linke umklammert nach wie vor die Sig Sauer. Mit der Waffe in der Hand zu sterben, damit muss ein Polizist rechnen, könnte seine wortlose Botschaft lauten. Aber doch nicht jetzt und hier! „So schnell machst du nicht die Biege", beruhigt Corinna ihn. „Wir brauchen dich noch. Vor allem Beate!"

Da stellt ein Motorengeräusch Corinnas Ohren auf Empfang. Ein leichter Luftzug streicht durch das Einstiegsfenster. Sie robbt sich dorthin, richtet sich vorsichtig auf. Die dunkle Silhouette eines Traktors am fernen Waldrand erinnert sie an den schlafenden Dinosaurier in einem Horrorfilm, den sie unlängst gesehen hat. Es gibt Räume jenseits des Sagbaren in uns. Die sollten wir tunlichst nicht betreten, huscht eine wirre Vorstellung durch ihren Kopf, weder absichtlich noch zufällig.

Ein plötzlicher Lichtkegel reißt sie aus den Gedanken. In einer Staubwolke prescht ein Geländewagen an dem Dino vorbei.

Kapitel 34

Der Täter

„Verdammt nochmal! Meine eigene Tochter ballert auf mich los", schreit Maximilian Tesche und klopft verärgert auf das Lenkrad. Was für eine Ironie! Sie ist auf der falschen, auf der Bullenseite! Er tritt das Gaspedal durch. Im letzten Moment kann er einem verrosteten Traktor ausweichen, der unvermittelt vor ihm am Waldrand aufgetaucht ist. Mit dem Kotfügel hat er ihn touchiert; ein Teilstück landet als Andenken neben dem Traktor. „Mist!" Doch das plötzlich einsetzende Martinshorn hält ihn davon ab, umzukehren. Er schaltet den noch intakten Scheinwerfer aus und manövriert den gestohlenen Jeep in den nächsten Waldweg.

„Der ganze Aufwand fast umsonst", knurrt er. Weder den Safeschlüssel noch den *Knaben in Blau* ergattert. Was für eine Scheiße! Ich bin ein alter Sack. Aber nicht senil. Aufgeben gilt nicht. Wenigstens die wilde Story mit der *Pickelhaube* in Umlauf gebracht. Die lenkt ab. Gut so. Wenngleich, finanziell war mehr drin. Der Typ ist versessen darauf, weitere Bilder seines Namensvetters sein eigen zu nennen. Warum auch immer. Na ja, wenigstens die Anzahlung des naiven Deppen. Privatkrieg mit meiner Tochter? Kann sie haben. Traue ich ihr zu, mich gegebenenfalls zu töten? Ich traue grundsätzlich jedem alles zu, also auch Corinna. Ihr eiskalter Blick vorhin. Jammerschade.

Tesche stoppt und stellt den Motor ab, um nachzudenken.

Wer in Teufelsnamen, wer hat die Polizei auf den Plan gerufen? Ströher vielleicht, bevor ich seiner habhaft werden konnte? Passt nicht recht zu der Tatsache, dass er aufkreuzte. Doch wer sonst?

Er steigt aus, um den Blechschaden zu begutachten.

Die Karre muss von der Bildfläche verschwinden, Ersatz muss her.

Er zückt sein Smartphone, um eine SMS zu verschicken. Prompt erfolgt die Antwort. „Wenigstens auf sie ist Verlass", grummelt er, steigt ein und fährt weiter.

Kapitel 35

Corinna

„Ich fasse zusammen", sagt Frau Doktor Natusius. „Sie sind elternlos aufgewachsen. Sie wurden von Nonnen in einem Kloster erzogen. Ihre leiblichen Eltern haben Sie erst vor mehr oder weniger kurzer Zeit zu Gesicht bekommen: die Mutter Mara Arnheim, eine ehemalige Profi-Tischtennisspielerin, deutsche Meistertitel und so weiter; den Vater Maximilian Tesche, einen ehemaligen RAF-Terroristen, der wie aus dem Nichts aufgetaucht ist. Von der Existenz einer Halbschwester namens Doktor Judith Liebreiz, geborene Arnheim, haben Sie erst erfahren, nachdem Sie angesichts deren plötzlichen Todes in dem Fall zu ermitteln hatten. Ironischerweise übte diese einige Jahre jüngere Halbschwester als Gymnasiallehrerin Ihren eigentlichen Traumberuf aus. Soweit richtig?"

„Im Großen und Ganzen", bejaht Corinna.

„Das Skelett einer Biografie aus fremdem Mund", resümiert die Therapeutin und fixiert die Augen der Patientin.

„Alltag einer Kriminalkommissarin", kommentiert Schmidt achselzuckend.

„Ihrer Biografie, Corinna, Ihrer Biografie. Ich darf doch Corinna zu Ihnen sagen?"

Sie nickt und verschränkt die Arme vor der Brust.

Als eine verbale Antwort ausbleibt, fragt Doktor Natusius: „Was fühlen Sie dabei?"

Corinna richtet sich auf, kerzengerade, denkt einen Moment nach und antwortet: „Ich habe gerade das Gefühl, dass ich mich zu wichtig nehme, wenn ich bedenke, mit welchen Schicksalen ich es beruflich tagtäglich zu tun habe. Und was in der Welt gerade so passiert."

Natusius hebt eine Braue und macht sich eine Notiz, um dann zu sagen: „Im Unterschied zu einem polizeilichen Verhör sollten wir uns auf eines einigen, Corinna."

Sie macht eine Pause, um den Hinweis wirken zu lassen.

„Ein bewährter Kniff. Vermeiden Sie das Wort *dass*. Es verhindert nämlich, ein Gefühl zu identifizieren. Ich fühle, dass ... hilft nicht. Glücklich, traurig, elend, aufgebracht, das sind Gefühle. Also, ich fühle mich wütend. Einverstanden?"

„Nun gut, zurück zu Ihrer Frage, Frau Doktor", sagt Corinna mit einem leicht ironischen Unterton.

„Bevor Sie antworten, Corinna", unterbricht sie die Therapeutin, „ich finde es mehr als beachtlich, dass Sie, eine gestandene Kriminal-Chefermittlerin, dass sie den Mut gefasst haben, sich Rat und Hilfe zu suchen."

Beim zweifachen Gebrauch der Konjunktion *dass* huscht Corinna ein Lächeln über die Lippen, was Natusius nicht entgeht.

Klare Rollenverteilung vermutlich, geht es Corinna durch den Kopf. Sie räuspert sich, horcht in sich hinein und sagt: „Ich fühle dabei ... nichts."

Doktor Natusis lehnt sich zurück. Das Schweigen dehnt sich aus.

„Leere, wenn ich ehrlich bin", sagt Corinna nach einer Weile. „Ich fühle mich leer. Da ist eigentlich nichts, was mir Halt gibt. Ziellos schwimme ich an der Oberfläche von irgendeinem langweiligen Fluss. Keine Ahnung, wohin. Aber ... ich habe Angst, er könnte mich zu einem Wasserfall treiben, der mich in einen Abgrund reißt."

„Und diese Empfindungen von Leere und Angst", echot die Therapeutin, „die bedrängen Sie schon immer oder schon lange?"

„Hm. Latent schleppe ich sie sicherlich schon sehr lange mit mir herum. Aber seit der aktuellen Konfrontation mit Maximilian Tesche ... halten sie mich im Würgegriff."

„Wie gehen Sie damit um?" Jedes einzelne Wort betont die Therapeutin.

„Wie schon immer. Ich decke sie mit Arbeit zu. Was mir aber immer weniger gelingt."

„Das Rollenspiel als Kommissarin hat es Ihnen also lange Zeit ermöglicht, sich die Ängste vom Leib zu halten."

„So könnte man es sagen", räumt Corinna ein, „so funktionierte es lange Zeit, mehr oder weniger gut."

„Arbeitssucht als unterbewusster Versuch, negative Gefühle zu verdrängen. Gar nicht so selten", erklärt die Therapeutin. „Die Frage lautet nicht: Warum sind Sie arbeitssüchtig? Die Frage lautet: Woher kommen Ihre schmerzhaften Gefühle von Leere und Angst, Corinna?"

„Meine Frage lautet eher: Was kann ich dagegen tun?", begehrt sie auf. „Deshalb sitze ich hier in Ihrer Praxis, Frau Doktor Natusius."

„Diese Frage werden Sie erst beantworten können, wenn Sie die vorherige geklärt haben."

„Das bezweifle ich."

„Das sollte Sie doch Ihre berufliche Praxis gelehrt haben, Corinna: Ein Fall ist erst gelöst, wenn Sie ihn aufgeklärt haben, oder?"

„Da irren sie sich, Frau Natusius."

„Ich irre mich selten", erwidert sie spöttisch.

„Leider stellen sich die Dinge nicht selten etwas komplizierter dar", entgegnet Corinna.

„Wie meinen Sie das?", fragt Natusius.

„Da wird auch mal eine Akte geschlossen, da wird auch mal ein Fall für gelöst erklärt. Weil das die Konfliktparteien eher befriedet als die rigide Suche nach der Wahrheit. Die es vielleicht gar nicht gibt oder mit der niemand leben möchte?"

„Sie lassen mich am Rechtsstaat zweifeln, Frau Hauptkommissarin."

„Klaffen Theorie und Praxis in Ihrem Verantwortungsbereich nicht auch gelegentlich auseinander, Frau Doktor?"

„In Ihrer Angelegenheit scheint mir das gerade nicht der Fall zu sein, Corinna", erfolgt die Antwort auf dem Fuß. „Da passen Theorie und Wirklichkeit zueinander, wie Schlüssel und Schloss."

„Sie machen mich neugierig."

Erneut ein ironischer Unterton.

„Deshalb sitzen Sie doch als Patientin vor mir, oder?"

„Ich höre."

„Es wäre hilfreich, wenn ich erführe, welche Erfahrungen Sie in Ihrer Kindheit gemacht haben. So könnten wir der Ursache Ihres Traumas auf die Spur kommen."

„Ich habe kein Trauma erlebt."

„Nun, weder Mutter noch Vater haben für das Baby, das Sie waren, Verantwortung übernommen. Richtig? Sie wurden abgeschoben."

„Die Nonnen haben sich um mich gekümmert."

„Gekümmert. Okay. Erzählen Sie mir bitte, woran Sie sich genau erinnern."

Corinnas Stirn kräuselt sich.

„Was Sie also bewusst erlebt haben, das heißt etwa seit Ihrem fünften Lebensjahr. Nicht, was man Ihnen später erzählt hat. Oder was Sie sich selbst vielleicht vorgestellt oder eingeredet haben. Nicht leicht zu unterscheiden, zugegebenermaßen."

„Mentaler Striptease", murmelt Corinna. „Nun gut."

Am Abend notiert sie in ihr literarisches Tagebuch:

„Meine Skepsis, was Sprache leisten kann. Wittgensteins Sprachspiel im Hinterkopf. Auch Psychoanalyse ist ein Sprachspiel. Auch sie dreht sich im Kreis, erklärt möglicherweise nur, was man weiß oder ahnt.

Ich ahne, worauf das hinauslaufen könnte. Die romantische Liebe als verheerender Irrtum eines symbiotischen Wunschs.

Die Strümpfe des linken und des rechten Fußes lassen sich wechseln, nicht aber die Schuhe.

Als weidwundes *Und* spülte es mich aus dem Kloster; dort gab es Hiebe, Sinnesdiebe, aber keine Liebe. Seither suche ich das W-*und*-er. Als bindungswilliges, gleichwohl oft bindungsverweigerndes *Und* ist es Magnet möglicher Wortgefährten: *Hund, gesund, verwundert, Mund, wund.*

Auf e i n e m Blatt der tagesaktuellen FAZ (23.04.2022) muss sie folgende Nachrichten lesen:

Portugiesische Staatsanwaltschaft ermittelt gegen verdächtigen Deutschen im Fall „Maddie", der wegen Vergewaltigung zur Zeit mehrjährige Haftstrafe absitzt.

Der Mörder des Berliner Arztes Fritz von Weizsäcker tot im Krankenhaus des Maßregelvollzugs aufgefunden.

Beginn des Prozesses gegen somalischen Messerstecher, der in Würzburger Innenstadt im Juni 2021 drei Frauen getötet und sechs weitere Menschen schwer verletzt hatte.

Ermittlungsverfahren gegen Raser auf A 2 eingestellt, der mit seinem 1500 PS Boliden mit 417 Kilometern geblitzt wurde. Sein Youtube-Video wurde elf Millionen mal angeklickt.

Früherer Boxweltmeister Tyson bearbeitete an Bord eines Fluzeugs Pöbler mit Fäusten.

Schauspieler Murray beleidigte Schauspielerin Lu. Einige Jahre zuvor griff er Kollegen mit Aschenbecher an.

UN legen Ermittlungsergebnisse zu russischen Kriegsverbrechen gegenüber Zivilisten beim Angriffskrieg in der Ukraine vor.

Ehemaliger Luftwaffeninspekteur der Bundeswehr fordert rasche Beschaffung eines Raketenabwehrsystems für Deutschland und seine Nachbarn im Rahmen der NATO.

In der Nacht hat Corinna einen Traum: Das Monster Putin wird vom abbrechenden Arm einer kolossalen Marmorstatue seiner Person erschlagen. Monsternachfolger sitzen in den Startlöchern, noch katzbuckelnd.

Kapitel 36

Befragung des Opfers Ströher

„Das Arschloch, das Ihnen entwischt ist, Frau Kommissarin", stammelt Christian Ströher, „hatte es auf den Schlüssel abgesehen."

„Welchen Schlüssel?"

„Na den, dessentwegen auch ich hier aufgekreuzt bin. Der Schlüssel zum Schließfach. Zum Vergnügen sucht kein Mensch diesen verwunschenen Ort auf, oder?"

„Oder was?", fragt sie zurück.

„Keine Ahnung, wo der Schlüssel ist, so es ihn überhaupt gibt."

„Woher wussten Sie von dem Safeschlüssel?"

„Glaubte ich zu wissen, Frau Schmidt", antwortet Ströher. „Hatte mir jemand gesteckt."

„Wer?", herrscht sie ihn an.

„Tut mir leid. Hab den Namen vergessen."

„Wollen Sie mich ver ..."

„Keineswegs", unterbricht er sie, „war eine Anruferin mit typisch deutschem Namen, Michel, Meier, Müller oder so. Wahrscheinlich ohnehin ein Tarnname."

„Warum sollte sie Ihnen den Hinweis gegeben haben?"

„Vielleicht eine Lockvogel-Offerte."

„Wie kommen Sie denn darauf?"

„Na, zusätzliche Angaben von Ort und Zeit sowie der Tip in Sachen Pickelhaube."

„Und darauf haben Sie prompt reagiert."

„Sie doch auch, Frau Kommissarin. Ich meine auf meinen ..."

„Geschenkt!", fährt sie ihm barsch in die Parade, um dann zu fragen: „Haben Sie den Täter erkannt?"

„Nein, nein, der trug eine Strumpfmaske. Groß, hager, die Schultern leicht nach vorne gebeugt, blaue Augen, wenn ich mich richtig erinnere. Allerdings ..."

„Ja?"

„ ... allerdings habe ich ihn gerochen."

„Wie das?"

„Wissen Sie, mein exzellenter Geruchssinn, Der kompensiert meine Defizite der anderen Sinne."

„Aha?"

„Ein weicher, floraler Hibiskusduft. Sehr selten, sehr teuer. Eigentlich eher ein Damenduft."

„Alleinstellungsmerkmal des Täters? Wir sprechen doch von einem Mann, oder?"

Ströher zögert, bevor er nickt.

„Was wollte er von Ihnen?"

„Den *Knaben in Blau*." Mit beiden Zeigefingern setzt Ströher den Bildtitel in der Luft in Anführungszeichen. „Zudem, wie gesagt, den Safeschlüssel."

„Sagte er oder vermuten Sie?"

„Sagte er, da bin ich mir sicher."

„Seine Stimme?"

„Wegen der Maske verzerrt. Kehlig, meine ich. Kein Dialektanklang. Ansonsten, meine anderen Sinne. Sie wissen ja."

„Woher weiß er übrigens, dass Sie den *Knaben in Blau* besitzen?"

„Wüsste ich auch gerne."

„Sie besitzen das Bild also."

Christian Ströher nickt.

„Wieso will er dieses Gemälde? Wieso will er es, wenn er Ihnen andererseits das *Pickelhaube*-Bild verkaufen will? Ergibt doch keinen Sinn, oder?"

„Das habe ich ihn auch gefragt. Hätte ich besser mal sein lassen."

„Inwiefern?"

„Bei der Frage ist er ausgerastet und hat mich überwältigt. Damit hatte ich nicht gerechnet. Den Rest kennen Sie."

Im selben Moment beendet Doktor Giesen die Befragung: „Der Patient braucht Schonung, Frau Hauptkommissarin."

„Noch einen Moment. Ist das okay?"

Ströher nickt und dann, zögernd, auch Giesen.

„Was ist in dem Safe, so es ihn denn gibt?"

„*Selbstbildnis mit Pickelhaube*, das Original von Ströher, vermute ich."

„Wie kommen Sie denn darauf?", fragt Schmidt.

„Der Typ hat mich mit einem DAW, also einem Digital Artwork des Gemäldes geködert. Bevor ich ihm eine Anzahlung zukommen ließ."

„Und der Sache haben Sie Glauben geschenkt?"

„Ohne Vertrauen läuft in der Szene nichts, Frau Kommissarin."

„Na dann", ätzt Corinna. „Was ist das Ergebnis Ihrer Vertrauensseligkeit? Mein Kollege angeschossen und Sie lädiert."

„Eine gewisse Gefahr habe ich durchaus in Erwägung gezogen", räumt Ströher zerknirscht ein, „deshalb meine anonyme Nachricht an Sie. Danke, dass Sie gekommen sind."

Schmidts Nasenflügel zittern leicht, ihr Mund zieht sich zusammen. Abrupt fragt sie: „Was sollte Ihr Hinweis auf den Ströher-Mythos?"

„Jetzt ist`s aber genug!", beendet Giesen barsch die Befragung.

Noch am Tatort, veranlasst Soko-Chefin Schmidt, dass Maximilian Tesche zur Fahndung ausgeschrieben wird, verbunden mit dem Hinweis, der gewaltbereite Mann sei bewaffnet.

Sie beschreibt ihrem Kollegen Kommissar Castor via Facetime Tesche mit prägnanten Pinselstrichen. „Ein Phantombild, wenn ich zurückbin, Lukas. Ach, noch etwas. Schau dir bitte noch einmal genau das Wackelvideo vom Schlossplatz an."

„Du meinst, die Aufnahme der Rotharrigen von der Touristinfo im Schloss, Corinna?"

„Genau die. Und schick die KTU hierher. Die sollen sich sputen."

Kapitel 37

Neue Spuren

Beim Abgleich der Fingerabdrücke, die im Hohenstocker Sullyvan-Bungalow gesichert werden konnten, mit der kriminalpolizeilichen Datenbank ergeben sich überraschende Übereinstimmungen: neben den erwarteten Abdrücken von Maximilian Tesche, sonderbarerweise zuhauf auch im Schlafzimmer, solche des Kunstdiebs und Hehlers, der fünf Jahre zuvor die Ströher-Stiftung düpiert hatte; zudem Fingerabdrücke von Mara Ströher und Toska Scheffler.

Im Keller entdeckt die KTU, akribisch versteckt, einen eingemauerten Safe, den sie mangels Schlüssel bislang noch nicht hat öffnen können.

Die Kontaktaufnahme der Soko mit Rut Sullyvan im Bundesstaat Texas ist ebenfalls noch ohne Ergebnis; Amtshilfe vor Ort bislang ohne Erfolg.

„Das Ehepaar Sullyvan ist zur Zeit unauffindbar", berichtet die Soko-Chefin.

„Wie haben wir die Erkenntnisse der Spusi zu bewerten?", fragt sie.

„Nun, Tesche scheint nicht nur am Tattag im Bungalow gewesen zu sein", meint Bachmann, der mit Krücken wieder zum Dienst erschienen ist.

„Die Schlafzimmer-Fingerabdrücke deuten darauf hin", ergänzt seine Lebensgefährtin Wunderlich. „Tesche hat hier gewohnt, zumindest vorübergehend. Das bestätigt auch der Blick in den Kühlschrank."

„Mara Ströhers Spuren", sagt Castor, „geben Antwort auf die Frage ihres Stiefvaters, wie Tesche Kenntnis von der Existenz des *Knaben in Bla*u erhalten hat. Allerdings ist es mir ein Rätsel, warum sie das getan haben könnte."

„Wie ist sie mit Tesche in Kontakt gekommen?", legt Schmidt nach.

„Weiß der Teufel, was alles in ihre Influencer-Sphäre hinein-spielt", gibt Beate zu bedenken.

„Dass Toska Scheffler Fingerabdrücke hinterlassen hat, muss uns indes nicht verwundern. Der väterliche Freund eben, die Info, die Leonhard Aron aufgeschnappt hat."

„Ein Wort zu diesem väterlichen Freund, Corinna. Der soll doch irgendwie mit dem zur Zeit einsitzenden räuberischen Hehler verbandelt sein, oder?", sagt Lukas.

Seine Chefin nickt.

„Der Bursche hat anscheinend zweitausendsiebzehn ebenfalls Unterschlupf auf den Hohenstocker Höhen gefunden. Ein richti-ges Ganovennest. Schinderhannes lässt grüßen."

„Wo er Recht hat, hat er Recht", flachst Jörg und klopft mit sei-ner Krücke dem Kollegen, der zusammenzuckt, anerkennend auf den Oberschenkel.

„Die Rolle der Familie Sullyvan in dem ganzen Kuddelmuddel bereitet mir Kopfzerbrechen", meint er dann. „Gibt es vielleicht eine politische Verbindung zu Tesche?"

Verwundert antwortet seine Chefin: „Kannst du hellsehen, Jörg?"

Er schaut sie stirnrunzelnd an: „Da bin ich nun aber mal wirk-lich gespannt, Corinna?"

„Das BKA hat herausgefunden, dass es in der Tat eine Antifa-Connection aus Zeiten der RAF gegeben haben könnte. Die Kol-legen arbeiten mit Hochdruck daran."

„Wird Zeit, dass wir wissen, was im Safe schlummert", fordert Beate.

Da meldet sich Melissa. Corinna überfliegt die eingegangene Nachricht, schaut in die Runde und sagt: „Dein Wunsch ist in Erfüllung gegangen, Frau Kollegin."

„Und?"

„Ich lese euch vor:

Erneute Suche nach dem Safeschlüssel im Bungalow hatte Erfolg: Notariell beglaubigte Urkunde des Kaufvertrags zwischen der Käuferin Rut Sullyvan und dem Verkäufer Rudi Michel aus

Willmerod, Grundbuchamt des Amtsgerichts St. Goar vom ersten April neunzehnhundertzweiundsiebzig.
Kaufpreis einhundertfünfzigtausend DM.
Bargeld: fünfzigtausend DM.
Sieben eingerollte Ströher-Bilder. Offensichtlich Originale."

„Wow. Kein Wunder, dass die einschlägigen Herrschaften wie wild hinter dem Safeschlüssel her waren", stellt Jörg Bachmann trocken fest.

„Ach, bevor ich`s vergesse", sagt Lukas Castor wie beiläufig in die allgemeine Aufbruchstimmung hinein, „ich habe mich mal um Tim Murnaus Verwandtschaft gekümmert. Hat sich gelohnt."

Er macht eine Pause, genießt die Neugier der Kollegen, die seine Ankündigung entfacht hat.

„Nun lass die Katze schon aus dem Sack!", drängt Beate Wunderlich.

„Tims Onkel, beide blondgelockt, ..."

„Ist das wirklich relevant?", mäkelt Beate in die erneute Pause hinein.

„Vielleicht, egal. Also, Tims Onkel ist ein ... ranghoher MAD-Offizier."

„Unfassbar!", entfährt es der Soko-Chefin, die im selben Moment das Bild der tot auf dem Boden des Balkons liegenden Emilie vor Augen hat. Dabei stockt ihr der Atem. Tim und Emilie, schießt es ihr durch den Kopf, genauer gesagt, nein gedacht: Emilie und Tim. Warum bin ich nicht selbst darauf gekommen, verdammt noch mal! Emilies promiskuitive Schlagseite, die hab ich einfach nicht wahrhaben wollen. Cousine und Cousin, ohne dass sie davon wußten?

„Alles okay?", fragt Beate besorgt angesichts der Röte, die Corinna soeben ins Gesicht geschossen ist.

„Der Kampfdrohnen konstruierende Neffe", staunt Jörg, „wenn das mal keine Fährte ist."

„Die noch heißer wird, wenn man bedenkt ..., dass der MAD-Onkel wohl ins Fadenkreuz vom Verfassungsschutz geraten ist."

„Das schlägt dem Fass in der Tat den Boden aus, Lukas", sagt seine Chefin, die sich gefangen hat. „Woher weißt du das?"

„Hat mir ein Kumpel von der Polizeischule gesteckt. Der hat ˋnen direkten Draht zu den Jungs vom Verfassungsschutz."

„Wie heißt der MAD-Offizier?"

„Kenne nur seinen Tarnnamen: Karl May."

Die Kollegen wechseln grinsend Blicke.

„Wenn man bedenkt, was der sich alles hat einfallen lassen", sagt Beate schmunzelnd.

„Politisch brisant", grübelt Corinna, Beates Anmerkung ignorierend, „keine Frage."

„Hätte der Winnetou-Erfinder sich nicht besser ausdenken können", greift Jörg grinsend den Hinweis seiner Lebensgefährtin auf. „ˋMurnaus Drohneˋ, hätte er vielleicht tituliert."

„Kannst ja in die Fußstapfen des Meisters treten und ˋMurnaus Drohneˋ als Nachfolgeroman schreiben", flunkert Lukas.

„Für Ausritte ins Phantasialand bist du ja zuständig", behauptet Jörg. „Ich bevorzuge Fakten."

„Ein Faktum hab ich noch nachzureichen", betont Lukas, die Spannung steigernd. „Karl Mays Frau, eine Mexikanerin namens Esperanza, kam vor zwanzig Jahren während eines Paris-Besuchs mit der Tochter ums Leben. Terroristischer Anschlag einer rechtsradiaklen französischen Gruppierung auf ein Kaufhaus. Die Tochter Elena ist seither wie vom Erdboden verschluckt."

Kapitel 38

Soko *Leonardo*

„Maximilian Tesche wurde kurz vor der Grenze bei einer Routine-kontrolle von luxemburgischen Streifenpolizisten überprüft, konnte sich aber Richtung Trier absetzen", informiert Corinna Schmidt, um dann trocken nachzuschieben: „Mein biologischer Vater."
Wunderlich und Castor halten Maulaffen feil.
„Echt jetzt?", entfährt es Lukas.
Corinna deutet ein Nicken an und klärt in gebotener Kürze den familiären Zusammenhang.
„Du solltest Oberstaatsanwältin Löwenbrück in Kenntnis setzen", meint Beate.
„... um wegen Befangenheit von dem Fall abgezogen zu werden? Kommt nicht infrage."
Corinna weiß, dass sie auf die Loyalität ihres Teams setzen kann.
„Ich hab das Video unter die Lupe genommen", sagt Lukas und überbrückt die Stille nach dem Statement der Chefin. Er legt ein Foto vor. „Dürfte dich interessieren, Corinna."
„Was ich geahnt habe", sagt sie mit anerkennendem Blick. „Maximilian Tesche. Undeutlich zwar, aber nach meinem Eindruck eindeutig."
„Mir ist da noch eine Kleinigkeit aufgefallen", ergänzt Lukas bauchgepinselt, „weiß nicht, ob es was bedeutet."
„Nämlich?"
„Die Rothaarige, die das aufgenommen hat, die hat einen Tick länger den Mann im Visier gehabt als ansonsten bei dem Schwenk."
„Hm. Könnte tatsächlich darauf hindeuten, dass er nicht zufällig abgelichtet wurde."
„In Kombination mit deiner Erinnerung wird unser Künstler von der KTU ein Portrait zaubern, das jedes herkömmliche Phantombild in den Schatten stellt", mutmaßt Beate in die nachdenkliche Pause hinein.

„Wie geht es Jörg?", fragt Corinna unvermittelt. „Die Nach-OP gut überstanden?"

„Macht bereits wieder Witze", beruhigt Beate, „und quatscht mir ein Ohr ab. Gestern Abend hat er mir eine Anekdote von Charly Chaplin erzählt."

„Wir hören", sagen Corinna und Lukas im Gleichklang.

„Chaplin nahm neunzehnhundertfünfzehn an einem Chaplin-Lookalike-Wettbewerb teil. Er verlor krachend. Weshalb?"

„Nun mach schon!", drängt Lukas.

„Er absolvierte den Chaplin-Walk in normaler Geschwindigkeit; das heißt, Schlaumeier?"

Beate grinst Lukas an, der, ohne lange zu überlegen, antwortet: „Hm, er hat die Beschleunigung des Filmprojektors außer Acht gelassen."

„So ist es. Die Mitstreiter indes imitierten die komische Schnelligkeit des Stummfilms und wirkten damit echter als Chaplin selbst."

Das muss ich Minago erzählen, nimmt Corinna sich vor, um dann zu sagen: „Kopie übertrifft Original. Bin gespannt, was Frau Doktor Winter dazu sagt. Die Fälschung der *Pickelhaube* vielleicht wahrhaftiger als der echte Ströher?"

„Versteh nur Bahnhof", grantelt Lukas und Beate stimmt ihm zu.

„Ich erklär`s euch später", entschuldigt sich die Chefin und schlüpft in ihre Lederjacke, die nach Verbranntem müffelt.

„Ich werde Jörg besuchen. Vielleicht hat er noch so eine erhellende Geschichte im Repertoire."

Kapitel 39

Festnahme

Das Phantombild erschreckt Corinna. Es ist sehr nahe dran an dem echten Gesicht ihres Vaters, wie sie es erinnert. Aber es ähnelt einem Avatar in einem Computerspiel oder einem der vermenschlichten Gesichter modernster Roboter. Als sie ihr Empfinden im Team äußert, hat Lukas – mal wieder - eine Erklärung parat: „Uncanny Valley: In einem Tal der Unheimlichkeit landet unsere Wahrnehmung angesichts eines Artefakts, das eine etwa neunzigprozentige Übereinstimmung mit einem menschlichen Gesicht aufweist. Aus evolutionärer Sicht übrigens eine genetisch abgespeicherte panikartige Schutzreaktion, um nicht zur Beute eines bedrohlichen Vorfahren zu werden."

„Wo hast du das denn her?", wundert sich Beate.

„Autodidaktische Weiterbildung in Sachen Wahrnehmungspychologie, liebe Kollegin. Äußerst praxistauglich. Clemens Setz` ´Gedankenspiele über die Wahrheit`."

Corinna, die Lukas` Belehrung aufmerksam gefolgt ist, nickt mit hochrotem Gesicht: die Schrecksekunde, als sie Maximilian Tesche beim Schusswechsel im Hohenstocker Haus in die Augen schaute. Eine Maske hatte sie angestarrt. Wie ein Automat hatte er dann reagiert.

„Tesches negative Energie verlangt uns äußerste Vorsicht ab!", ermahnt sie ihre Kollegen.

„Dein bedrohlicher Vorfahre?", zitiert Beate ihren Kollegen Lukas Castor.

„So ist es", antwortet Corinna, „leider."

Fahndungstechnisch erweist sich das Phantombild als unerwartet effektiv. Ein Telefonat jagt das andere. Das Faktenpuzzle fügt sich zu einer plausiblen Einschätzung. Spätestens seit dem zweiten April hält sich der Gesuchte in Simmern auf. Wo er übernachtet, wenn er in Simmern ist, ist unklar, jedenfalls nicht in Pension oder Hotel, wie man recherchiert hat. Leonhard Aron hat Corinna Schmidt auf eine Verbindung Tesches mit der Rothaarigen vom Tourist-Büro im Schloss aufmerksam gemacht, der man den Videomitschnitt verdankt. War er zufällig am Ort des Geschehens? Telefonierte Tesche vielleicht mit der Kamerafrau? Wer ist der „väterliche Freund"? Den Hinweis will Aron ja in der Stadtbibliothek zufällig aufgeschnappt haben.

Die Kommissare Bachmann und Wunderlich parken gegen Abend in Sichtweite vom Eingang des Hauses „Am Stadtgarten", wo die Rothaarige wohnt. Die Ahnung ihrer Chefin wird gegen einundzwanzig Uhr bestätigt. Seiner Festnahme widersetzt sich der Gesuchte überraschenderweise nicht.

„Es gibt Situationen", sagt er, „da fühlt man sich in polizeilichem Gewahrsam einigermaßen sicher."

Kapitel 40

Unerwartetes Exklusiv-Interview

„Danke, dass Sie unserem Heimatpublikum Einblick in Ihr Leben geben wollen, Herr Tesche."

„Unserem Heimatpublikum?", kommt es Tesche spöttisch über die Lippen. Sein Blick streift über den manikürten Garten der HZ-Redaktion, wo man sich unter einem weit aufgespannten Sonnenschirm gegenübersitzt. „Kein Pathos, keine Provinz-Sentimentalität, sonst wird das nichts."

„Einverstanden", beeilt sich Falko zu versichern.

„Na ja", sagt Tesche, „wenn meine eigene Tochter, Hauptkommissarin Corinna Schmidt, mich drängt, einige Sätze ins Hunsrücker Geschichtsbuch zu schreiben, kann ich schlecht nein sagen, oder?"

„Heißt, ich fungiere dabei sozusagen als Schreibgerät", grummelt Falko.

„Betrachten Sie`s als ehrenvollen Dienst am kollektiven Gedächtnis."

„Den Satz hätte auch Leonhard Aron raushauen können", entfährt es Falko.

„Wer bitte?"

„Nun, der Hobbyschriftsteller eines selbsternannten Ermittlungszirkels aufgeweckter Senioren namens Minago. Man kümmert sich unter anderem um die Hinterlassenschaft des Hunsrückmalers Ströher."

Bei diesem Hinweis hebt Tesche kurz die Brauen, was dem Reporter zu entgehen scheint.

„Kennen Sie sich da aus?", will Tesche wissen.

„Als Simmerner Lokalreporter ist das ein Muss. Ströhers *Selbstbildnis mit Pickelhaube* ist zur Zeit in aller Munde. Und keiner weiß, wo es abgeblieben ist."

„Es existiert also?"

„Warum fragen Sie?"

„Nur so. Meine Tochter erwähnte es beiläufig. Wenn ich recht informiert bin, hat es ein Zeichner aus Bingen, Norbert Thinnes heißt er, glaube ich mich zu erinnern, mit satirischer Note gewürzt, kopiert."

„Oh, werd mich mal darum kümmern", sagt Falko und notiert den Namen. Sollte da eine interessante Story auf ihn warten? Entwickelt die *Pickelhaube* ein Eigenleben?

Tesche, die Beine übereinandergeschlagen, die Arme lässig auf der Rückenlehne der Holzbank, schaut Falko auffordernd in die Augen, der, perlenden Schweiß auf der Stirn, sich an seinen Notizblock klammert, um dann die erste vorbereitete Frage abzuschicken.

„Woher ihr revolutionärer Impuls bereits in jungen Jahren, Herr Tesche?"

„Zunächst war da nichts von, wie sagten Sie, revolutionärem Impuls, junger Mann", sagt Tesche.

In die quälende Pause hinein spult Falko seine Notizen ab: „Neunzehnhunderfünfzig im Hunsrückort Willmerod geboren, besuchten sie dort die einzügige Dorfschule, wechselten nach Klasse vier zur Realschule Kastellaun, um dann ab Klasse sieben das Herzog Johann-Gymnasium in Simmern zu besuchen, wo sie neunzehnhundertneunundsechzig Abitur machten. Anschließend verpflichteten sie sich bei der Bundeswehr, wollten Starfighterpilot werden, sattelten dann in den Sanitätsdienst um, mit dem Ziel, Medizin zu studieren und Sanitätsoffizier zu werden. Doch gegen Ende Ihrer zweijährigen Dienstzeit stellten sie den Antrag auf Kriegsdienstverweigerung. So weit korrekt?"

„Soweit die nichtssagende Faktenlage", antwortet Tesche.

„Nichtssagend?", wundert sich Falko. „Allein der Widerspruch im Schlussakkord bei der Bundeswehr verrät doch einiges, oder?"

„Dann raten sie mal", lacht Tesche auf.

„Da muss doch etwas völlig Unvorhersehbares bei Ihnen den Schalter komplett umgelegt haben, oder?"

„Falsches Bild, Falko", entgegnet Tesche, „falsches Bild. Ein schmerzlicher Prozess der Meinungs- und Willensbildung zwischen uns Abiturienten der SAN-Staffel, zwölf an der Zahl, überdurchschnittlich. Wir kämpften um eine glaubhafte sicherheitspolitische Position in Zeiten des Kalten Krieges. In der Uniform

fühlten wir uns zunehmend fehl am Platz. Hirnlose Kommiss-
köpfe nervten, militärische Gewalt, selbst die im Irrealis, hielten
wir für den falschen Weg. Den wollten wir verlassen, auch weil er
Unterdrückungssyteme stabilisiert, international wie national."

„Was folgte daraus?"

„Jeden Tag legte einer von uns dem Oberfeldarzt einen Antrag
auf Kriegesdienstverweigerung vor. Am Montag Karl, am Dienstag
Horst, am Mittwoch ich und so weiter."

„Da kam Freude auf", vermutet Falko.

„Ich, genauer gesagt wir gerieten in die Fänge des MAD, Falko."

„Wie das?"

„Kollektive Kriegsdienstverweigerung. War verboten, es gab nur
ein individuelles Abwehrrecht. Nachdem wir die Sache durchgezo-
gen hatten, gerieten wir, mittlerweile Zivilisten, in den Hexenkes-
sel der heraufziehenden bleiernen Zeit."

Angesichts der Fragezeichen in den Augen des jungen Lokalre-
porters meint Tesche: „Vor Ihrer Zeit, verstehe; schadet nicht, sich
dennoch über die siebziger Jahre der repressiven Bonner Republik
ein Bild zu machen."

„Sie begannen zu studieren", wirft Falko ein.

„Politikwissenschaft, Soziologie und Mathematik", bestätigt
Tesche.

„Merkwürdige Kombination", murmelt Falko.

„Wollte damit zunächst Lehrer werden", erklärt Tesche.

„Aha?"

„Wir glaubten an objektive Gesetzmäßigkeiten, auch im Sozialen. Der Marxismus-Leninismus überzeugte uns. Überdies waren
wir vom kybernetischen Zeitgeist beflügelt."

„Warum Lehrer?", weicht Falko Tesches fragendem Blick aus.

„Hm, einfache schwierige Frage. Nun, nach dem Abitur hatte
ich mich, politisch ahnungslos und ungebildet, trotz Abitur, kriegs-
verherrlichende Landser-Hefte schmökernd, in den Zug nach Roth
bei Nürnberg gesetzt, wo die Grundausbildung den angehenden
Fliegeroffizier erwartete, der sich schon in einem Starfighter-Cock-
pit sitzen sah. Ein durchgeknalltes Männlichkeitsgehabe sozusagen. Die zackige Kleiderausgabe weckte erste Zweifel."

„Hätten Sie damals Friedrich Karl Ströhers *Selbstbildnis mit Pickelhaube* gesehen und verstanden ...", stammelt Falko und wird sogleich unterbrochen.

„Hätte ich Ihnen nicht zugetraut, Falko!"

Der weiß nicht, wie ihm geschieht; der Hinweis ist ihm durch den Kopf und über die Lippen gehuscht, bevor er ihn durchdacht hat. Tesches Lob überrumpelt ihn. Oder ist es ein vergiftetes Lob?

„Ist natürlich an den Haaren herbeigezogen", sagt Tesche und fährt dann fort: „Es hätte schon gereicht, wenn ich Borcherts Wehklage ʹDraußen vor der Türʹ, die wir im Deutschunterricht lasen, an mich herangelassen hätte. Aber ich hatte die Ohren auf Durchzug gestellt. Nun, den idealistischen Wunsch, Lehrer zu werden, damit meine Abiturienten, anders als ich, nicht politisch uninformiert und mit zerbeultem Selbstwertgefühl, irrwitzige Landserhefte schmökernd, die Irrfahrt ins Nichts anträten, konnte ich knicken. Der Radikalenerlass hatte den Riegel vorgeschoben. Gut so, sage ich mir heute."

„Weil?"

„... ich vielleicht schwach geworden wäre und das bürgerliche Heldenleben in der Komfortzone eines deutschen Studienrats präferiert hätte?"

Tesches Blick geht in den manikürten Garten, seine Mundwinkel zucken.

„Dem zogen Sie das linksterroristische Netzwerk vor."

„Sparen Sie sich Ihre dünne Ironie, junger Mann. Wir hatten Ziele, für die es sich zu kämpfen lohnte und lohnt. Lieber erhobenen Hauptes als gesenkten Kopfes durchs Leben gehen. Um das zu kapieren, müssen Sie noch vieles lernen. Aber meine zeitgeschichtliche Nachhilfestunde ist hiermit beendet."

Kaum hat Tesche den Satz gesagt, kreuzt Kommissar Bachmann wie abgesprochen auf, um den dubiosen Zeitzeugen zurück ins Polizeipräsidium zu bringen. So recht verstanden hat er nicht, warum seine Chefin Corinna Schmidt ihrem Erzeuger die Chance der Selbstdarstellung und Rechtfertigung bewilligt hat.

„Harter Hund", grummelt Falko vor sich hin. „Die Ackerfurchen in seinem Gesicht lassen Geschichten erahnen, die man nicht erlebt haben möchte. Kein Wort dazu." Insgeheim gesteht er sich ein, dass ihm Mut und Tatkraft fehlen, die Nebeldecke über Tesches wirrer Vergangenheit zu lüften.

Falko beschließt, sich eine Pickelhaube zu beschaffen, um sie umgekehrt mit der Spitze ins Erdreich des vom Hausmeister manikürten Gartens zu rammen und mit Kakteen zu befüllen. Pickelhaube: Männerglaube, nach dem Raube, aus dem Staube. Künstlerglaube: Gartenlaube, Zauberschraube, Friedenstaube. Gedankenfetzen, die ihm durch den Kopf schießen.

Er schlendert zum Schlossplatz, bestellt sich einen Eiskaffee und sein Blick verliert sich in dem Großgemälde, das die frische Fassade über dem Schlosseingang schmückt: Ströhers *Selbstbildnis mit Pickelhaube*. Finanziert von einer Simmerner Bank. Aktuell erfährt es eine besondere Aufmerksamkeit und hat eine aufgeregte Diskussion gerade im Hunsrück mit seiner friedensbewegten Geschichte ausgelöst.

„Auf welcher Achterbahn sind deine Gedanken unterwegs, Falko?"

Jemand klopft ihm auf die Schulter, so dass er aufschreckt.

„Schau dir das mal an!"

Ein Smartphone wird ihm zugeschoben, das ein Graffito zeigt, eine Rechtfertigung des russischen Angriffskriegs in der Ukraine, Kinderkopf mit Stahlhelm, darauf ein *Z*.

„Wo hast du das denn aufgegabelt?", stammelt Falko.

„Unterhalb vom Bergschlösschen, an einer Wand vor der Tunneleinfahrt des Schinderhannes-Radwegs."

Kapitel 41

Pflasterstein

„Der Wunsch, meinem früheren Leben zu entkommen, hat sich als Illusion erwiesen", bekennt Maximilian Tesche. „Ich hätte dem Bildhauer Anatol Stiller in Max Frischs gleichnamigem Roman Glauben schenken sollen." Das Stirnrunzeln legt selbst die Haut rechts und links von seinem markanten Kinn in Falten.

„Es hilft nichts, irgendein neues Leben anzufangen, indem das alte einfach liegenbleibt."

„Weil?"

„Menschen sterben und Ihr schweigt, Corinna – Steine fliegen und Ihr schreit!"

„Eure Steine haben Kollegen von mir in den Rollstuhl katapultiert", erwidert sie. „Komm mir also nicht mit dem zynischen Spruch der autonomen Antifa!"

„Du kennst dich aus", stellt er trocken fest, richtet sich in dem Stuhl vor ihrem wuchtigen Schreibtisch auf und beugt sich nach vorne, einen leichten Hibiskusduft verströmend.

„Der Pflasterstein, euer Symbol des Widerstands gegen Rechtsextremisten ..."

„... und der Befreiung von Ausbeutung und Unterdrückung durch die kapitalistischen Machtverhältnisse", wird sie unterbrochen. Den kalten Blick des Machtmenschen kontert sie sofort: „Deshalb lässt du dich mit einem Kunsträuber ein und drangsalierst einen Familienvater, der sich dem künstlerischen Erbe seines Namensvetters verschrieben hat?"

„Spar dir die Ironie, Corinna", begehrt er auf. „Ich brauche Geld für den Kampf gegen die Rechten. Die haben es auf uns abgesehen. Das dürfte auch meiner gut informierten Polizistentochter nicht entgangen sein, oder?"

„Die gerade das Gewaltmonopol des Staates exekutiert", entgegnet sie. „Im Übrigen bin ich nicht an einem politischen Schlagabtausch mit dir interessiert."

„Schade, du könntest was lernen. Deine Kollegen aus Kreisen des Verfassungsschutzes, die haben das kapiert. Im Übrigen kommst du mir gerade vor wie der Hofrat Knarrpanti in E.T.A. Hoffmanns letzter Erzählung *Meister Floh*. Dem Hinweis, es müsse doch eine Tat begangen sein, wenn es einen Täter geben solle, antwortet er, dass, sei erst der Verbrecher ausgemittelt, sich das begangene Verbrechen von selbst finde. In der Folge verhaftet er einen harmlosen Bürger."

Der selbstgefällige Ton, zu dem das schräge Grinsen passt, das in diesem Augenblick auf seine Tochter gerichtet ist, wird jäh bestraft: Ein Pflasterstein durchschlägt das Fenster und schmettert gegen sein Gesicht. Die Wucht reißt ihn zu Boden. Im Nu umsäumt eine Blutlache seinen Kopf. Er hat das Bewusstsein verloren.

Im selben Moment klopft es an die Tür und Kommisarin Wunderlich tritt ein.

„Kümmere dich um ihn!", ruft ihre Chefin, stürzt zum Fenster und reißt es auf, wobei sie in eine Scherbe greift, so dass ihre Rechte augenblicks heftig blutet. Ihr wird schummrig. Verschwommen sieht sie einen blondgelockten Mann in schwarzem Trenchcoat, der im Laufschritt nach rechts abbiegt, die Bingener Straße hinauf.

Beate eilt herbei, reißt sich den Seidenschal vom Hals und wickelt ihn um die Wunde.

„Was ist passiert, Corinna?"

Kreidebleich im Gesicht, sinkt Corinna in den Drehstuhl und starrt auf ihren gekrümmt auf dem Boden liegenden Vater.

„Ist er tot?", fragt sie mit erstickter Stimme.

Beate nickt.

Am Abend vertraut sich Corinna ihrem literarischen Tagebuch an.

„Ahnung

Schatten, dem Tode geweiht.
Plötzlich befreit vom Laube,
Springt die Wunde ins Auge,
Blutend. Doch Zweifel befreit.

Paradoxien, wohin ich schaue. Mein Erzeuger, voluntaristisch verbohrter Linksterrorist, schlug seine Vaterschaft, als er davon Wind bekam, in denselben, ignorierte, verweigerte sie schlichtweg. Heute hat er sich endgültig verabschiedet, unfreiwillig, dank eines Pflastersteins, Ironie seiner Biografie.

Ich flüchtete mich sinnfrei in einen Vaterersatz nach dem andern.

Emelie, eigentlich Elena, vermute ich, vermeintliche Tochter eines freikirchlichen französischen Predigers, hatte wenigstens für einige frühe Jahre einen leiblichen Vater, bis dem ein rechter Terrorakt in Paris die Ehefrau und die dreijährige Tochter entriss.

Gegenwärtig driftet ihr Vater, so ist zu vermuten, in ein linksradikales Antifa-Lager ab, nähert sich damit meinem verblichenen Erzeuger ideologisch an.

Wir, die beiden Töchter, verliebten uns ineinander, biografisch ahnungslos. Dann entfremdeten wir uns.

Den Irrwitz dieser Verbindung will ich nicht mit der Gedankenkrücke Zufall bagatellisieren.

Emilie, die Identitätswechslerin, sie einverleibte sich die Erinnerungen einer Wunschfigur, um zu dieser zu werden. So kam Karl May, ebenfalls Identitätswechsler, er qua Beruf und Attitüde, erst verspätet dahinter, sie könne seine Tochter sein.

Emelie-Elena positionierte sich zunehmend weltanschaulich gegen ihren Vater. Ohne es zu wissen? Ohne von seiner Existenz Kenntnis zu haben? Musste sie deshalb sterben? Hat der Zufall gewütet? Sollte Freuds Sprachspiel elf zu elf enden?"

„Wie die Mutter hat auch er mich verraten", stellt Corinna fest, als sie am nächsten Tag mit Beate Wunderlich ins Gespräch kommt. Sie fügt hinzu: „Zwei selbstsüchtige Verantwortungsverweigerer."

„Aus demselben Holz geschnitzt?"

„Ich kenne sie zu wenig, Beate", räumt Corinna ein, „sie wollte ihre Sportlerkarriere nicht riskieren, er hat sich hinter seiner weltverbessernden Ideologie verschanzt, bis heute, äh, bis gestern. Wie kann jemand, der nicht bereit ist, Verantwortung für die eigene Tochter zu übernehmen, so dreist sein, im Namen vieler für deren vermeintliche Befreiung zu kämpfen?"

„Aus deiner Sicht verständlich", meint Beate. Sie schürzt die Unterlippe, um sich die blondierte Strähne aus der Stirn zu blasen.

Ihre Chefin quittiert die Einschränkung mit einem Achselzucken und sagt: „Entschuldigungsgründe? Keine Ahnung. Habe genug mit meiner existentiellen Erfahrung, verraten worden zu sein, zu tun."

Beate nickt mit verstehendem Blick: Corinnas namenloser Uni-Prof, Johannes Haller, Emilie Reichow und ein, zwei weitere Namen ziehen an ihrem inneren Auge vorbei.

„Ich kann mir denken, was du denksr", sagt Corinna mit einem melancholischen Seufzer. Sie kann aber nicht verhindern, dass Karl May ihr aus der Ferne zuwinkt.

„Ich bewundere deinen Mut", bekennt Beate, die sie beobachtet hat.

„Ich muss mich um die Beerdigung kümmern", weicht Corinna aus, „zum Glück ist auf Johannes Simon Verlass."

Kapitel 42

Tischtennis

Ein Tischtennisschläger erinnert sich.

Damit Ihr mich nicht falsch versteht: Ich bin kein Nörgler, bin kein Jammerlappen. Diesem Volkssport habe ich nie etwas abgewinnen können. Da gab`s schon tolle Tage. Da eilte mein Besitzer von Sieg zu Sieg und bei der Siegerehrung, da küsste er mich, nicht nur einmal. Ich hätte rot werden können, wäre ich es nicht schon gewesen. Die Vorhand, die Kuss-Seite meines Belags, die ist nun mal rot.
Doch es gab auch die anderen Tage. Sie haben sich meinem Gedächtnis eingebrannt. Ihr könnt euch vielleicht denken, was für Tage das waren, oder? Nie werde ich sie vergessen können; an sie immerzu denken zu müssen quält mich. Ich war nun mal einem unbeherrschten Spieler ausgeliefert. Wenn`s schlecht lief, war ich natürlich schuld daran. Unzweifelhaft hat er mich das spüren lassen. Wutentbrannt hat er mich ein ums andere Mal ins Netz geschleudert. Wenigstens war es elastisch, für mich eine Art Auffangnetz in der Plattenmitte. Auf dem Parkettboden aufzuschlagen war hingegen hart. Schaut euch meine Macken nur an! Ein Wunder, dass meine Hand, also der Schlägergriff, die Torturen überlebt hat. Schlimmer noch als die körperlichen Strafen war allerdings die bittere Erfahrung, so abgrundtief verachtet zu werden. Überlebt habe ich diese Schmach nur, weil ich gute Freunde in der Not hatte.
Wir alle landeten zum Abschluss eines Turniers in der Sporttasche unseres Besitzers, wo wir einander die Wunden leckten. Die Tischtennisbälle, meine besten Freunde, die hatten es wahrlich nicht leicht: Immer wieder im Wechsel von mir und vom Schläger des Gegners verdroschen zu werden, das ist, wie Ihr euch vorstellen könnt, kein Zuckerschlecken. Nicht wenige meiner Freunde überlebten das nicht und landeten im Abfalleimer. Zerbrechliche Zelluloid-Leichtgewichte, die sie nun mal sind und sein müssen, fehlt es ihnen an der Robustheit der Golfbälle, ihren optischen Zwillingen.

Besonders gelitten habe ich, als mein Besitzer das Endspiel um den Landestitel vergeigte. Eigentlich hatte er die besseren Karten. Doch der Gegner hatte alles Glück dieser Welt. Von den dreiunddreißig Gewinnpunkten waren sage und schreibe dreizehn Kantenbälle sowie einige Netzroller. Wahrlich ein unsportlicher Rekord. Und die Entschuldigungen waren dünn, immer von einem Grinsen begleitet. Unser Besitzer tobte, biss in mich hinein, skalpierte meine blaue Gegenseite und schleuderte sie in den gegnerischen Fanblock. Sie landete in der Schnauze eines giftigen Boxers. Der zerfetzte sie lustvoll im Trubel der Anhänger des unverdienten Siegers. Nicht viel besser erging es meinem Freund, dem Trikot. Unser Besitzer zerriss seine schweißdurchtränkte Werbefläche, klatschte den triefenden Lumpen auf den Boden, um außer sich vor Wut auf ihm herumzutrampeln.

Dass wir überlebt haben, verdanken wir einzig und allein einer schnöden Tatsache: der finanziellen Talfahrt unseres Besitzers. Ohne Titel kein Geld. So einfach ist das.

Wir wurden repariert. Nun hoffen wir auf Siege. Wir wollen überleben, nichts anderes.

Halt! Ich will ehrlich sein. Wieder einmal im Blitzlichtgewitter glänzen, das wäre so schön! Unser erfolgreicher Besitzer streichelt uns. Mich, seinen Schläger, küsst er, meinetwegen auch den blauen Halbbruder auf meiner Rückseite. Der glückliche Sieger lässt unsere Freunde, die Tischtennisbälle, auf uns tanzen und schwingt den Liebling von allen, das Trikot mit den bunten Logos, über seinem Kopf.

Wie schön wäre das: gemeinsam noch einmal im Meer der Huldigungen des Publikums baden.

Und vielleicht legte dann ein einsamer Tribünengast das Gesicht auf die zusammengefalteten Hände und weinte, wie in einem tiefen Traum versinkend, ohne es zu wissen.

„Tischtennis ist ein komplexer Sport. Im Wettkampf hat der handlungs- und reaktionsschnelle, zudem raffinierte Spieler Erfolg. Im Alter bekämpft dieser Hochgeschwindigkeitssport übrigens erfolgreich Parkinson. Unentschieden kennt er nur im Team-, nicht aber im Doppel- beziehungsweise Einzelwettbewerb, seinem eigentlichen Metier. Seltsam, dass er in China Volkssport Nummer eins ist, in den USA hingegen kaum eine Rolle spielt. Und das, obwohl kein Geringerer als Henry Miller begeisterter Hobbyspieler war. Der genialste und erfolgreichste Spieler aller Zeiten ist ein Schwede, was nicht verwundert: Jan-Owe Waldner, der 'Mozart des Tischtennis'. Ob der Sport allerdings, wie manche meinen, zum heutigen Deutschland passe wie die sprichwörtliche Faust aufs Auge, da habe ich meine Zweifel."

Karl May bedankt sich für den freundlichen Applaus. Es beruhigt ihn, dass er sich in einem unpolitischen Raum immer noch Luft verschaffen kann. Gerne ist er der Einladung des TT-Verbands gefolgt, einen Vortrag zum Wesenskern des Spiels zu halten. Seine Kurzgeschichte *Ein Tischtennisschläger erinnert sich* hat Eindruck gemacht. Den hatte er sich erhofft, war sich aber keineswegs sicher, quasi als Laie schutzlos vor einem fachkundigen Publikum zu bestehen, das er nicht einschätzen konnte.

Mit Erstaunen hat er Corinna Schmidt im Publikum registriert. Die Kommissarin oder die Privatperson?, fragt er sich. Vielleicht sollte er sie zu einem Match einladen.

„Sie kleben auch?", fragt er grinsend.

„Wenigstens materialtechnisch eine ähnliche Ausgangsposition", antwortet sie. Auf der Vorderseite hat sie Außennoppen aufgezogen.

Beim Einspielen demonstriert er seine Dominanz. Ein ums andere Mal landet ihr Rückhand-Topspin im Netz.

Dann beginnt das Spiel. Auf zwei Gewinnsätze haben sie sich geeinigt. Er schlägt auf. Wundert sich, dass sie jeweils problemlos retourniert. Dabei ist doch gerade der Aufschlag bislang sein Erfolgsgarant gewesen. Mit ihrem entschärfenden Noppenreturn kommt er nicht zurecht. Blitzschnell dreht sie den Schläger in der Hand, unberechenbar für ihn. Rasch liegt er bei eigenem Aufschlag eins zu vier zurück. Eine Situation, die er nicht erwartet hat.

Ausdruckslos ihr Blick, undurchschaubar. Warum hat er sich derart einfältig eintüten lassen?

Ihrem Konterspiel muss er Tribut zollen. Sie schlägt ihn unangefochten zwei zu null.

„Revanche für den vergeigten Drohnen-Deal?", fragt er, als sie sich Minuten später im Club-Café gegenübersitzen.

„Ich verstehe nicht?"

„Hat Ihnen Frau Reichow davon nichts erzählt? Sie sind doch eng befreundet, oder?"

„Waren, Herr May", antwortet sie, „waren. Emilie Reichow ist tot."

Bei diesem Hinweis fixiert Corinna ihn. Das Gesicht des ausgebufften Geheimdienstlers zeigt nicht die Spur einer Regung. Weiß er vielleicht nicht, dass Emilie seine Tochter Elena ist?, wundert sie sich. Oder habe ich ihm nichts Neues berichtet?

„Hatte sie einen Unfall?", fragt er wie beiläufig.

„Laufendes Ermittlungsverfahren, Herr May", weicht sie aus.

„Verstehe", retourniert er routiniert, „mit der Drohne hat sie sich auf vermintes Gelände gewagt, keine Frage. Ich weiß, wovon ich rede."

„Vermintes Gelände?"

„Laufende Verhandlungen, Frau Hauptkommissarin", kontert er.

„Sie sind also nach wie vor an der Sache dran?"

„Wo haben Sie so ausgefuchst Tischtennis spielen gelernt?", wechselt er abrupt scheinbar das Thema.

„Meine Mutter war Profi", sagt Corinna und schämt sich insgeheim ein wenig für die Antwort, die ihn indes nicht zu überraschen scheint: „So was in der Art habe ich mir gedacht."

Warum habe ich mich überhaupt auf seinen Vortrag und dann auch noch auf ein Match eingelassen? Corinna schüttelt innerlich über sich selbst den Kopf. Umso überraschender für sie sein erneuter Aufschlag: „Wussten Sie übrigens, dass Friedrich Karl Ströher in seinen Berliner Jahren Tischtennis als geselligen Sport kennen- und liebenlernte?"

Aus zusammengekniffenen Augen schaut Corinna Schmidt Karl May an und frotzelt: „Und Winnetou duelliert sich mit Old Shatterhand. Ein aufgeschnittener Baumstamm als Spielfläche, umsäumt von applaudierenden Squaws."

„Künstler trafen sich im ersten Ping-Pong-Café der Hauptstadt. Das hatte bereits im Jahr neunzehnhundert am Viktoria-Louise-Platz eröffnet", sagt May ungerührt. „Übrigens galt Tischtennis bis in die fünfziger Jahre als jüdischer Sport. Und heute treffen sich im Frankfurter Bankenviertel Hipster mittags in angesagten Kneipen, um sich beim Ping-Pong abzulenken."

„Warum erwähnen Sie das?", wundert sich Corinna.

Statt zu antworten, zuckt er mit den Achseln und grinst.

„Aha. Werd mal recherchieren, ob es eine Skizze oder ein Bild zu der vermeintlichen Leidenschaft unsres Hunsrückmalers gibt."

„Legitimationsgrundlage des 'Ströher-Cups`, den wir dann gemeinsam aus der Taufe heben könnten", schlägt er vor.

„Warum eigentlich nicht", antwortet Corinna, ebenfalls schmunzelnd.

Auf dem Rückweg fragt sie sich, was Karl May mit dem Hinweis auf den jungen Friedrich Karl Ströher als Hobbysportler eines jüdischen Sports im Schilde führen könnte: Eine kontrafaktische Ablenkung des Geheimdienst-Offiziers, der nach links gedriftet ist? Ein suggerierter Zusammenhang zwischen den Bewertungen jüdisch und bankerspezifisch? Gibt es einen Zusammenhang zwischen den Todesfällen, den Ströher-Gemälden, der Wettbewerbsjagd auf die begehrte Kampfdrohne Leonardo und der Tischtennis-Geschichte? Über- oder unterinterpretiert sie da etwas? Die zwanghafte Suche nach Verknüpfungen in einem Geflecht von Verweisen? Berufskrankheit oder gar ein Symptom psychotischer Störung? Ein anarchistischer Hunsrückmaler im Vergleich zum Hipster heutiger Zeit? Glaube nicht jedem Gedanken, der dir durch den Kopf schießt!, ruft sie sich selbst zur Räson. Gleichwohl ahnt sie, es könne sich lohnen, Karl May im Auge zu behalten. Vielleicht ein Skeptiker, der wie Anatol Stiller auch sich selbst nicht alles glaubt.

Kapitel 43

Unerwartet

„Die Sache mit dem Ströher-Cup könnte klappen: Eine Skizze vom 'Raumtennis`, wie man damals noch sagte, ist aufgetaucht, mutmaßlich aus der Hand Ströhers. Mit der Skizze ließe sich der Pokal dekorieren", mailt Corinna Karl May. Der antwortet nicht. Ist ihm etwas passiert?, fragt sie sich, als auch Tage später noch Funkstille herrscht. Ist er abgetaucht? Sie bittet Oberstaatsanwältin Löwenbrück beim MAD nachzufragen. Einen Oberst Karl May kenne man nicht. Schmidts Beschreibung des Mannes und der Hinweis auf dessen Familientragödie nimmt man zur Kenntnis, gibt sich aber zugeknöpft.

„Als hätte ich in ein Wespennest gestochen", verleiht Löwenbrück ihrer Verwunderung Ausdruck. „Man gab mir zu verstehen, wir sollten die Finger von der Sache lassen."

„Waffengeschäfte sind politisch ein heißes Eisen", gibt ihre Soko-Chefin zu bedenken, „da mauert man, will keine schlafenden Hunde wecken."

„Bleiben Sie dennoch an der Sache dran", fordert Löwenbrück entschieden.

Alleine in ihrem Büro, grübelt Corinna: Und wenn wir uns von Karl May haben täuschen lassen? Wenn es gar keinen MAD-Offizier gibt, heiße der nun May oder wie auch immer? Sie verwirft den Anflug eines solchen Zweifels rasch wieder und rätselt: Wenn wir nur wüssten, wie Karl Mays eigentlicher Name lautet! Vielleicht kann Lukas` Freund, der, wie er sagt, sich gelegentlich im Darknet tummelt, uns weiterhelfen. Zudem müssen wir dringend Murnau vor die Flinte bekommen. Gibt es eine plausible Erklärung dafür, dass Emilie auf ihrem Balkon zu Tode kam?

Als Tim Murnau, der Vorladung der Simmerner Polizei-Inspektion Folge leistend, eintritt, stockt Schmidt der Atem: Der Blonde, der den todbringenden Pflasterstein warf?

„Wo waren Sie am vergangenen Freitag gegen fünfzehn Uhr?", fragt sie ihn, kaum dass er ihr und Wunderlich gegenüber im Verhörraum Platz genommen hat.

Er konsultiert sein Smartphone: „Hier im Haus. Ich präsentierte Ihren Kollegen die Details unseres Flugroboters Leonardo, an dem auch die rheinland-pälzische Polizei interessiert ist."

Corinna wechselt Blicke mit Beate, die aufsteht und hinausgeht, um das Alibi zu überprüfen.

„Kennen Sie Maximilian Tesche?", fragt Schmidt.

„Nie gehört", antwortet Tim Murnau, ein hagerer, blonder, blasser Mittzwanziger, der sich an seinem Smartphone festzuhalten scheint.

Wunderlich ist zurück und nickt.

„Wie erklären Sie sich, dass Emilie Reichow auf dem Balkon ihres Appartements zu Tode kam, Herr Murnau? Wie kamen Sie dorthin?"

„Emilie wartete auf dem Balkon und wurde dort Zufallsopfer einer irregeleiteten oder fehlgesteuerten Drohne", teilt er ausdruckslos mit, was gemäß Aktenlage ohnehin auf dem Tisch liegt.

„Wieso haben Sie einen Schlüssel zu ihrer Wohnung?", will Wunderlich wissen.

„Wir sind, äh waren Partner bei *Leonardo*. Da hat man keine Geheimnisse voreinander. Sie hat auch einen Schlüssel zu meiner Wohnung."

„Hm. Wie kommen Sie zu der Einschätzung 'Zufallsopfer' einer, wie sagten Sie, 'irregeleiteten oder fehlgesteuerten Drohne'?"

„Das Bauteil einer Drohne lag neben der Leiche. Wir, also Elias und ich, wir befürchteten schon, dass Leonardo die Todesdrohne gewesen sein könnte, doch das können wir nach genauer Prüfung ausschließen. Wir haben das Teil, das nach unserer Einschätzung tatsächlich Bauteil einer Drohne ist, der KTU zur Verfügung gestellt. Fehlsteuerungen könnten Ergebnis äußerst unwahrscheinlicher, aber nicht hundertprozentig auszuschließender Datenkurzschlüsse des programmierten Algorithmus sein."

Angesichts der Fragezeichen in den Augen der beiden Kommissarinnen und deren skeptischem „Aha?" sagt er: „Mathematisch komplex, ich versuch`s erst gar nicht zu erklären."

Er schiebt seine Nickelbrille zurecht und meint: „Zudem: Wer sollte ein Interesse gehabt haben, Emilie zu eliminieren? Und die Tat ausgerechnet auf ihrem Balkon exekutieren?"

„Also keine Personen, die es auf Emilie abgesehen haben könnten?", fragt Wunderlich nach.

„Weder mir noch Elias ist jemand eingefallen. Fragen Sie meinen Partner."

„Oder ihren Onkel Karl May?"

„Kenne ich nicht."

Allzu schnell hat Tim Murnau auf Schmidts Einwurf reagiert. Im Blick ihrer Kollegin liest Corinna die gleiche Einschätzung.

„Wie war Ihr Verhältnis zu Emilie Reichow:"

„Verhältnis? Keine Ahnung. Ich mache meinen Job. Nichts sonst."

Corinna kann es kaum fassen, wie emotional unbeteiligt Murnau seine Sätze abspult.

„Ist Ihnen bekannt, dass Emilie Reichow nach rechts außen abgedriftet ist?"

„Für Politik interessiere ich mich nicht. Ich bin Informatiker und Ingenieur, sonst nichts", teilt er Wunderlich mit. Bei diesen Statement zupft er sich am Ohrläppchen.

„Und Emilie war alleine für die Vermarktung Ihrer Erfindung zuständig?"

„Wir sind nun mal schlankweg geschäftsuntüchtig", erklärt Murnau mit einem schrägen Grinsen, das aus seinem Gesicht fällt, als das Smartphone vibriert.

„Darf ich?"

„Nur zu", sagt Schmidt.

Er wischt über das Display und sein Gesicht wird noch blasser, die Flügel der spitzen Hakennase zittern. Er stammelt: „Elias simst aus der Uni-Klinik. Er hat eine Messerattacke überlebt."

„Von wegen Drohnen-Zufallsopfer", stöhnt Wunderlich, als Murnau gegangen ist.

„Zwei Tote des *Leonardo*-Quartetts und nun eine Messerattacke auf ein drittes Mitglied. Tim, als einziger noch unbeschadet, ein

Nerd, der mit Begriffen aus Ballerspielen um sich wirft: exekutiert, eliminiert. Was für ein Schlachtfeld", stöhnt Corinna.

„Karl May ist wie von der Bildfläche verschwunden", rätselt Beate, „würde mich nicht wundern, gäbe es eine Verbindung zu den *Leonardo*-Todesfällen, oder?"

„Schließlich hatte er als MAD-Offizier Kontakt zu *Leonardo* aufgenommen", pflichtet Corinna der Kollegin bei, die tragische Beziehung Mays zur leiblichen Tochter ebenso im Hinterkopf wie die verwandtschaftliche Verbindung Mays zu Tim Murnau. „Ist ihm tatsächlich unklar, wer sich hinter dem Tarnnamen Karl May versteckt?"

Beate Wunderlich fragt sich, warum Corinna nicht nachgehakt hat, und zuckt mit den Achseln.

Ihre Chefin konsultiert das Smartphone. Die Antwort auf die polizeiinterne Anfrage nach dem Attentat auf Marlow erfolgt im selben Moment. Corinna liest Beate vor: „Deutscher Staatsangehöriger südosteuropäischer Herkunft wurde am Hauptbahnhof Mainz unmittelbar nach der Messerattacke überwältigt. In seinem Rucksack fand man zehntausend Euro in Scheinen. Über deren Herkunft schweigt sich der Tatverdächtige ebenso aus wie über sein Motiv und die Tat."

„Klingt nach Auftragsdelikt, oder?"

„Könnte sein, Beate. Doch bevor wir spekulieren, warten wir lieber ab, was die Mainzer Kollegen herausfinden."

„Übrigens", bemerkt Wunderlich, während sie aufbricht, „als Steinewerfer können wir Tim Murnau streichen."

Corinna spitzt die Lippen. „Der gehört zu der Sorte Mensch, die Strafe für eine Geschwindigkeitsüberschreitung zahlen, bevor das amtliche Schreiben dazu bei ihm eintrifft."

Tags drauf schlagzeilt die Zeitung mit den vier Großbuchstaben: „Auftragskiller mit Migrationshintergrund: *Heimtückische Messerattacke* auf deutsch-jüdischen Mainzer Informatikstudent am Mainzer Hbf. Täter gefasst, bis zu den Zähnen bewaffnet. Tatumfeld: dubiose Geschäfte mit Killerdrohnen. Staatsanwaltschaft ordnet Untersuchungshaft an und wird Anklage wegen versuchten Mordes erheben."

Kapitel 44

Das Puzzle

„Karl May initiierte den Angriff auf Elias Marlow", vermutet die Soko-Chefin.

„Weil ...?"

„Weil *Leonardo* in den Augen des MAD ein inakzeptables Spiel spiele, nämlich potentielle Nachfrager gegeneinander auszuspielen, Beate."

„Nicht mit uns? Also gegen uns", sagt sie.

„Der Täter überspannte freilich den Bogen: Elias sollte eigentlich nicht physisch attackiert werden."

Oberstaatsanwältin Löwenbrück, die kurz zuvor zur Soko-Sitzung gestoßen ist, erklärt: „Das Spiel rechter und linker Ideologen über Bande steht zur Zeit unentschieden."

„Hat sich Karl May wie das gleichnamige historische Original, das sich, obwohl nicht promoviert, als Doktor Karl May inszenierte, wie dieses mit den eigenen Kopfgeburten identifiziert?", fragt Corinna Schmidt.

„Du meinst", sagt Wunderlich, „er hat sich eine künstliche Biografie erfunden? Um aus dem Gefängnis seiner eigenen leidigen Existenz zu entfliehen?"

„So ist es", antwortet Schmidt und grübelt: „Ist der zunehmend existentiell in die Hülle des Tarnnamens geschlüpfte MAD-Offizier zum Bloody Fox in der neokapitalistischen Wüste mutiert?"

„Der MAD hat, wie mir durchgesteckt wurde, herausgefunden, dass Ruth Sullivan das Dix-Gemälde als NFT erworben hat", informiert Jörg Bachmann und fragt: „Wozu?"

„Als Ikone, als Wappenschild, als vermeintliche Trophäe, nicht wissend, dass sie damit den Gegner, also auch rechtsextremistische Projekte finanziert", antwortet seine Chefin.

„Welche Rolle spielt Ströhers *Pickelhaube* in diesem ominösen kunstmarktlichen Zusammenhang?", fragt Lukas Castor.

„Leonhards Romanprojekt ist da wohl weiter, wenngleich spekulativ", meint Schmidt schmunzelnd. „Pickelhaube oder Zipfelmütze – oder beides?" Sie denkt an Murr: An welcher Variante wird der schreibende Kater sich die Zähne ausbeißen und Leonhard inspirieren, den Absurditäten des Lebens auf die Spur zu kommen? Sie ist gespannt auf Arons Einfall.

„Ich wurde von einem Kollegen der Dienststelle gezielt falsch informiert; er brauchte Murnaus vorgebliche Anwesenheit als Alibi." Mit dieser Neuigkeit überrascht Kommissarin Wunderlich die Teammitglieder. „Drogendeals eines korrupten Beamten."

Sie sucht den Blick der Oberstaatsanwältin. Die nickt und informiert, dass man gegen den Kollegen, den man vorläüfig suspendiert habe, ermittle.

„Die Steinwurf-Attacke geht tatsächlich auf Tim Murnaus Konto", stellt Wunderlich fest. „Den Beweis liefert die Überwachungskamera."

„Bevor es sie selbst traf, hatte Emilie die psychische Verfasstheit des Asperger-Kandidaten zutreffend eingeschätzt", erklärt Corinna Schmidt. „Sie hatte ihn um den Finger gewickelt und ihn beauftragt, Maximilian Tesche zum gegebenem Zeitpunkt mit einem Pflasterstein zu attackieren. Mit einem Pflasterstein! Der Mann sei ein Linksterrorist, der das *Leonardo*-Projekt gefährde. Man müsse ihm einen Denkzettel verpassen. Tims digitales Hirn funktionierte."

„Das Motiv der Pickelhaube wird von beiden politischen Rändern instrumentalisiert, jeweils mit verheerenden Folgen für die Opfer."

„In Zeiten wie diesen, da Gewissheiten zerbröseln, gelingt das, Frau Oberstaatsanwältin", kommt es Corinna Schmidt resigniert über die Lippen.

„Dix` und Ströhers unterschwellige satirische Botschaften werden umgedeutet: Die Pickelhaube mutiert zum Topfpflanzenreservoir, die Schießscheibe zum billigen Werbeaccessoire", knurrt Bachmann und reibt sich über die Glatze.

„Dinge werden verzwergt", meint Lukas, „was das Selbstwertgefühl der Besitzer untergräbt. Obamas abschätzige Bemerkung, Russland sei nur noch eine Regionalmacht."

„Komm runter, Mann!", mäkelt Bachmann. „Wir haben Kriminalfälle zu lösen, keine sicherheitspolitischen oder militärischen Konflikte."

„Du ignorierst", grummelt sein Kollege, „wie die Dinge zusammenhängen."

„Und du bist nahe dran", kontert Bachmann, „Verschwörungstheorien zu bedienen."

Leila Löwenbrück hat dem Geplänkel der beiden Kommissare nachdenklich zugehört, sagt aber nichts.

Corinna Schmidts Gedanken fahren Achterbahn.

„Eigentlich ist unser MAD-Mann das Gegenteil des historischen Karl May", räsoniert sie, „nicht nur mit seinen Einsneunzig, schätze ich mal, im Vergleich zu den überlieferten Einssechsundfünfzig. Renomierbedürfnis, Geltungssucht und Windbeuteleien liegen ihm fern."

„Vielleicht gerade deshalb der Tarnname?", rätselt Wunderlich.

Kapitel 45

Minago und Karl May

„Wisst Ihr", gesteht Leonhard, „auf meine alten Tage lese ich wieder mal Karl May, genauer gesagt *Old Shurehand*."

„Warum nicht", sagt Beatrice amüsiert, „jeder mag mal leichte Kost."

„Sag das nicht. Zweihundert Millionen verkaufte Reise- und Abenteuerromane sprechen für sich. Kein deutscher Autor war erfolgreicher."

„Verkaufszahlen als Bewertungsgröße? Ich bitte dich, Annemie", spöttelt Beatrice.

„Der Mann kann schreiben", sagt Leonhard unbeirrt, „und er ist ein Fabuliertalent, das kurzweilig unterhält, keine Frage."

„Und ein vorbestrafter Schwindler und Hochstapler", entgegnet Beatrice.

„Und ein MAD-Oberst", wirft Corinna, die mit offenem Mund zugehört hat, unvermittelt ein. Angesichts der Fragezeichen in den Augen Minagos informiert sie über den aktuellen Karl May.

Leonhard schlägt *Old Shurehand* auf, um zu zitieren: „Ich meinerseits hütete mich, eine Frage aufzuwerfen, die mich hätte neugierig erscheinen lassen können."

„Was Sie aber sind, Herr Aron, äh Leonhard", bemerkt Corinna; „nur zu!"

„Besorgt, Corinna", sagt Leonhard. „besorgt. Elias liegt mir sehr am Herzen. Weshalb der Messerangriff auf ihn?"

„Ein Denkzettel", raunt sie. „Die Messerattacke war nicht eingeplant."

„Vermuten oder wissen Sie?"

„Vermuten wir. Der Täter schweigt bislang."

„Denkzettel wofür?"

„Leonardo, die Drohne, Leonhard", antwortet sie, antwortet Kommissarin Schmidt. „Karl May hatte Emelie Reichows

Lieferzusage. Auf einmal galt die nicht mehr. Bessere Geschäfte mit konkurrierenden Nachfragern lockten."

„‚Wusste er nicht, dass die Rede einer listigen Person wie eine Schlinge ist, in der selbst ein Kluger gefangen werden kann?‘, belehrt Old Shatterhand Old Wabble."

„Kein gutes Zitat, Leonhard", wirft Annemie ihm vor. „Old Shatterhand steht für Fairness, für das Gute und Wahre, nicht aber für Geschäftemacherei, schon gar nicht mit Kriegsgerät. Ein bisschen kenne ich meinen Karl May nun auch."

„Der Punkt geht an dich", räumt Aron ein, um sogleich besserwisserisch nachzuschieben, Karl May habe mit der Idealisierung seiner edlen Figuren Winnetou und Old Shatterhand das Gute mit dem absolut Guten vertauscht. „Volkspädagogisch, meine Liebe, volkspädagogisch, die Absicht zwinkert durch jedes Knopfloch", sagt er und hebt wie Lehrer Lämpel den Zeigefinger.

„Seine literarischen Schurken Santer oder die Pfahlmänner, die Geier des Llano stacado, führen uns das lebensbedrohende Prinzip des Bösen vor Augen, Leonhard. Doch das Gute kann getan werden, wenn ʼMannʻ beherzt und uneigennützig dem Bösen Paroli bietet. Dabei ist keineswegs ausgemacht, dass das Gute am Ende siegt, wie Winnetous Tod bezeugt."

„Der Apachenhäuptling wurde übrigens genauso alt wie Jesus", wirft Beatrice, scheinbar beeindruckt von Annemies energischem Auftritt, ein. „Er stirbt mit christlichem Bekenntnis auf den Lippen in den Armen seines Blutsbruders: ʼScharlih, ich glaube an den Heiland. Winnetou ist ein Christ. Lebe wohl.ʻ Was für ein kitschiger Schluss-Akkord!"

„Den übrigens ein Illustrator auf seinem Umschlagentwurf für *Winnetou III* ins Bild gesetzt hat", flicht Leonhard ein. „Der Indianer schwebt als nackter, hippiehaft langhaariger Engel einem kreuzförmigen Licht entgegen, eine jesusgleiche Himmelfahrt."

„Übrigens", lässt Annemie nicht locker, „zur Zeit schießt sich die Woke-Schickeria auf Karl May ein; er verharmlose die Vernichtung der indianischen Ureinwohner."

„Der Indigenen, heißt es politisch korrekt", korrigiert Leonhard süffisant, „aber ich stimme dir zu, Annemie. Winnetou, den

Helden meiner Kindheit, den lasse ich mir nicht von linksgrünen Ideologinnen madig machen."

„Ein Berufskollege, der Apachen-Mediziner Gonzo Flores", spingt nun auch Beatrice den beiden Karl May-Apologeten bei, „der hat kürzlich in einem Spiegel-Interview die Winnetou-Figur als 'fortschrittlich' gelobt. Karl May zeige die Apachen in einem deutlich positiveren Bild als die Darstellungen in den USA, wo es bis 1993 ein Gesetz gegeben habe, das erlaubte, Apachen zu töten."

„Womit wir wieder bei unserem Thema wären", greift Annemie den Ball auf und ihr Blick richtet sich auf Corinna Schmidt. „Heutzutage erledigen das Geschäft der Guten tüchtige Kommissarinnen. Deren Alles-wird-aufgeklärt-Attitude favorisieren Krimi-Autoren, die dem Publikum den gewünschten täglichen Mord samt Leiche liefern."

Beiläufig streift ihr Blick den Minago-Mitstreiter Aron, der den Seitenhieb weglächelt.

Beim Tischtennis hat sich Karl May immerhin als fairer Verlierer erwiesen, erinnert sich Corinna, die für einen Moment abgeschaltet hat, und für das Gute und Wahre glaubt er sich vermutlich auch einzusetzen, wenngleich bestimmt nicht in dem katholischen Sinne, den Old Shatterhands Schöpfer seiner Heldenfigur eingeschrieben hat.

„So abwesend, Frau Kommissarin?", murmelt Leonhard, der sie genau beobachtet hat.

Schmidt räuspert sich und bedauert: „Wir haben keine Ahnung, warum und wohin 'unser' Karl May abgetaucht ist."

„Er wird doch wohl keine Orientreise angetreten haben wie weiland der Erfinder des Kara Ben Nemsi auf dem Weg zu seinem Hadschi Halef Omar? Die, nebenbei bemerkt, zwei Nervenzusammenbrüche des wenig heldenhaften May zur Folge hatte. Der schmutzigen, stinkenden, kruden Realität war der Schreibtischheld nicht gewachsen."

Annemies Ironie ignorierend, mahnt Corinna: „Leider nicht. Er ist eine sehr reale tickende Zeitbombe im Hier und Jetzt. Nicht auszuschließen: sogar mit amtlicher Rückendeckung."

Kapitel 46

Karl May

Am folgenden Tag wird der Soko die Nachricht durchgesteckt, ein Oberst Carlos Larmaky verberge sich hinter dem Tarnnamen Karl May.

Oberstaatsanwältin Löwenbrück gelingt es nun, einiges über diesen Mann herauszufinden: vierundfünfzigjähriger Witwer, dessen Frau durch einen rechtsradikalen Terroranschlag in Paris im Jahr zweitausendzwei ums Leben kam. Die damals dreijährige Tochter Elena ist seither verschwunden. Oberst Larmaky ist der hoch angesehene, bestens vernetzte Leiter einer Spezialeinheit des MAD, die sich, so die offizielle Lesart, um extremistische Gefährder in der Bundeswehr und in deren Umfeld kümmere. Über sein Privatleben sei nichts weiter bekannt.

„Larmaky also", grummelt die Soko-Chefin.

„Dass ich nicht in diese Richtung gedacht habe!", ärgert sich Jörg Bachmann.

Seine Chefin nickt. Ihr Smartphone vibriert. Sie wischt über das Display und registriert den Eingang einer Nachricht Karl Mays auf dem AB, die sie sogleich abhört. Mays sonore Stimme entlockt ihr augenblicks ein Lächeln, das alsbald in Stirnrunzeln übergeht.

„Was soll das?", knurrt sie und wirft das Gerät auf den Tisch.

Bachmann schaut sie fragend an.

„Wenn man vom Teufel spricht", murmelt sie, „eine merkwürdige Nachricht Karl Mays." Sie lässt diese erneut ablaufen, diesmal zum Mithören.

„Hallo, Frau Hauptkommissarin. Bestimmt kennen Sie das berühmte Foto *Molotov-Man*. Falls nicht, so viel in Kürze. Susan Meiselas schoss es neunzehnhundertneunundsiebzig in Managua. Es zeigt einen Sandinisten mit Sturmgewehr in der Linken, in der Rechten einen Molotowcocktail, den er, wie ein Speerwerfer zurückgebeugt, im Begriff ist, abzuwerfen. Das Foto wurde zum

Symbol der siegreichen sandinistischen Revolution in Nicaragua und zierte fortan Bücher und Plakate der Revolutionäre. Fünfundzwanzig Jahre später verteidigte Meiselas ihr Urheberrecht erfolgreich vor einer Versammlung von Internetaktivisten angesichts der Kopie einer bekannten New Yorker Künstlerin. Sie hatte nach dem Foto ein Ölbild gemalt, ohne auf die Fotografin und den historischen Kontext hinzuweisen.

Liebe Frau Schmidt, denken Sie an das vermeintliche Ströher-*Selbstbildnis mit Pickelhaube*.
Es grüßt Sie herzlich
Ihr Karl May."

Bachmann googelt Foto und Gemälde *Molotov-Man*, dreht den Bildschirm seiner Chefin zu und fragt: „Eindeutig Karl May?"

„Zweifelsohne", antwortet Corinna, „warum fragst du?"

„Zweifelsohne?", echot er.

Sie hebt die Brauen.

„Alexa braucht weniger als eine Minute Sprachmaterial, um eine Stimme zu lernen."

„Ich bitte dich, Jörg", sagt sie, „das fiele mir doch auf."

„Dann ist ja gut", meint er. „Eine politische Botschaft?"

„Vermutlich", antwortet sie. „Ein linksrevolutionärer Aktivist, ein Hunsrücker Anarchist, eine Fotografin und eine ebenso bekannte Malerin, beide ebenfalls aus dem linken Politspektrum."

„Waffen und Kunst in einem Atemzug", ergänzt ihr Kollege und fügt hinzu: „An Karl May beißen wir uns die Zähne aus."

„Abwarten, Jörg", beschwichtigt sie. „Ich wette, er wird bald Kontakt zu mir aufnehmen."

Bachmann schaut sie verwundert an. Ein verstohlenes Grinsen huscht über Corinnas Gesicht.

Tags drauf erfolgt die Bestätigung ihrer Vermutung in Form einer SMS: „Geben Sie mir die Chance der Revanche, Frau Hauptkommissarin! Morgen achtzehn Uhr im Clubheim?
Ihr Karl May."

„Gerne doch", antwortet Schmidt umgehend, „Herr Larmaky."

Merkwürdig, denkt sie, passt nicht zu der gestrigen Nachricht auf dem AB.

Bachmanns Hinweis auf eine möglicherweise kopierte Stimme hat sie im Ohr.

„Ich werde Sie nicht noch einmal unterschätzen", verkündet er, als man sich wie vereinbart zum Duell trifft.

Damit meint er bestimmt nicht nur mein Tischtennisspiel. Corinna fragt sich, ob ein drohender Unterton mitschwang. Vorsicht ist zumindest angesagt.

Er hat sich neue Beläge besorgt, kommt einigermaßen mit meinem Anti-Top-Belag zurecht. Erstaunlicherweise auch mit meinen Aufschlägen. Hat sich professionell vorbereitet.

Ich habe seit unserem letzten Match den Schläger nicht mehr in der Hand gehabt.

Der erste Satz geht an ihn. Im zweiten kommt meine Sicherheit sukzessive zurück. Ich beende ihn mit einer krachenden Rückhand. Der Entscheidungssatz geht in die Verlängerung. Bei zweiundzwanzig zu zweiundzwanzig verständigen wir uns auf ein Remis.

Wie Pokerspieler sitzen wir uns nach dem Duschen in der Club-Bar gegenüber: ein stummes Blickduell als Fortsetzung des Matchs. Bis der Barkeeper, der ebenfalls wortlos hantiert, die bestellten Cocktails serviert hat. Seichte Barmusik plätschert gedämpft daher. Noch sind wir die einzigen Gäste, die Hauptkommissarin und der MAD-Offizier.

Beherzt ergreife ich das Wort, wie man so sagt, als sei das Wort ein Messer, eine Kelle oder ein Tischtennisschläger.

„Sie kennen das Foto *Molotov-Man?*"

„Kennt jeder, der sich ein wenig mit lateinamerikanischer Geschichte beschäftigt hat."

Er wirkt überrascht, allerdings nicht übertölpelt, muss ich mir eingestehen.

„Und das gleichnamige Gemälde der New Yorker Malerin Joy Garnett?"

„Da muss ich passen", sagt er grinsend. „Was hat es damit auf sich?"

„Nicht weiter wichtig", weiche ich aus, „wichtiger ist Folgendes."
Ich fixiere seine Augen und warte einen Moment. „Emilie Reichow war Ihre Tochter Elena, Herr Larmaky – oder sollte ich bei Karl May bleiben?"

Ruhig zündet er sich eine Zigarette an, was den Barkeeper nicht zu stören scheint, inhaliert tief und schaut den Rauchwölkchen hinterher, die seinen zum Kreis geformten Mund verlassen.

„Karl May ist mir zur zweiten Haut geworden", sagt er, „und ja, Emilie war Elena."

Wie er das sagt! Meine Schäferhündin ist tot. Nüchterne Tatsachenfestellung. Die Abwesenheit irgendeines emotionalen Begleittons der Trauer, des Schmerzes oder was auch immer lässt mich frösteln. Was ich zu verbergen suche. Sein leerer Blick, mit dem er mich taxiert, lässt nicht vermuten, dass er noch etwas hinzufügen wird. Den Tod der eigenen Tochter verdrängt, aus dem Bewusstsein gestrichen? Wie kann das gehen?

Nach langen Sekunden nichteinvernehmlichen Schweigens drängt es mich, eine Frage nachzuschieben: „Warum die Messerattacke auf Elias Marlow? Warum, verdammt noch mal!"

In aller Ruhe drückt er die Marlboro im Aschenbecher aus und sagt: „Er hatte seine Chance, er hat sie nicht genutzt. Wir haben den unbotmäßigen Mann aus dem Verkehr gezogen."

„Wie muss ich diese Pseudo-Antwort verstehen?", rutscht es mir heraus, nein gifte ich ihn an.

„So, wie ich es gesagt habe", sagt er ungerührt.

„Also Ihr Mann? Oder sollte ich sagen: Der Vollstrecker Ihrer Pläne?"

Er zuckt mit den Achseln. „Nicht meiner, allenfalls unserer."

„Mit uns wollen Sie jedenfalls nicht kooperieren", stelle ich fest.

„Wir haben andere Interessen als Sie", stellt er fest.

„Obwohl wir beide Beamte sind, deutsche Beamte", entgegne ich und betone das Attribut, um es sogleich zu bereuen.

„So ist das nun mal. Sie sorgen für innere Sicherheit. Für den Rest sind wir zuständig. Und wenn Not am Mann ist, unterstützen wir sogar großzügig Ermittlungsbehörden und Polizei."

Großkotzig gesagt, denke ich mir. Statt es ihm an den Kopf zu werfen, frage ich trotzig: „Den Drohnen-Deal eingetütet?", wohl wissend, dass er darauf nicht antworten wird.

Zu meiner Verwunderung kontert er mit einer Gegenfrage: „Und Sie haben die kriminellen Machenschaften in der Hunsrücker Kunstszene aufgeklärt, Frau Hauptkommissarin?"

„Woher wissen Sie?", antworte ich mit einer Gegenfrage und denke erneut an die sonderbare AB-Nachricht.

Unerwartet aufgeräumt lugt ein menschliches Antlitz hinter der Maske des Geheimdienstautomaten hervor und mutiert zur Bühne eines mimischen Spiels. Seinen Augen- und Lippenbewegungen ist die Machtausstrahlung des Felsengesichts abhanden gekommen.

„Mein Zweit-, nein recht eigentlich mein Erstwohnsitz im putzigen Alterkülz", verkündet er stolz. Dabei blähen sich die Seitenflügel seines Gesichtserkers auf. „Eines dieser schmucken Fachwerkhäuser. Über Jahre hin habe ich es mit viel Herzblut renoviert. Am Stammtisch vor Ort kriegt man das eine oder andere mit. Ströher ist seit Wochen in aller Munde, wenn nicht gar seit Monaten."

„Als Kunstliebhaber hatte ich Sie nun wahrlich nicht auf dem Schirm", sage ich und betone den Kunstliebhaber mit Gänsefüßchen, die ich in die Luft zeichne. Mein leicht spöttischer Unterton gaukelt vor, ich sei nicht überrascht von der plötzlichen Menschwerdung des Automaten.

Da steht er auf, dreht sich um zum Fenster, um es zu schließen, bleibt dort stehen, aufrecht, und teilt den regenfleckigen Scheiben, an denen sein Atem sich neblig niederschlägt, mit, es zerreiße ihm das Herz, wenn er an seine Frau denke, „meine hochbegabte, wunderbare Künstlerin". „Wie feinste Glassplitter in der Haut brennen die Erinnerungen an sie."

Ich werde hellhörig. Er redet weiter.

„Auch ein Ströher-Porträt hat sie gemalt. Ich habe mich damals zu wenig dafür interessiert. Hab vergessen, wie sie es betitelt hat. Irgendwas mit *Pickelhaube* oder so. Ich erinnere mich an die diebische Freude, die sie als Kopistin empfand. Vielleicht habe ich, von ihr unbewusst inspiriert, deshalb aus den Buchstaben meines Namens den Karl May aus der Mottenkiste gezaubert. Eine seltsame Lust an Eulenspiegelei. Das Spiel mit meinem Tarnnamen hat mich hin und wieder aufgeheitert, ein wenig zumindest. Vielleicht ..." - sein Gesicht verfinstert sich - „ ... vielleicht brauchte ich nach dem Tod meiner Frau ein gewisses Maß an Verstellung, um mich jenseits meines Berufs überhaupt unter Menschen wohlfühlen zu können."

Warum erzählt er das? Eine Finte des Geheimdienstlers? Wie die gestrige Automatennachricht? Weit gefehlt. Oder doch nicht?

„Und Elena ..." Seine Stimme erstickt.

Kerzengerade verharrt er vor dem Fenster, in Schweigen gehüllt, wie angenagelt.

Ich wage nicht, nachzufragen.

Da wendet er sich um, sein Blick sucht den meinen und klagt mich an: Sie waren ihre Partnerin, Corinna! Es verschlägt mir den Atem. Er sagt: „Ich hatte mich auf Sie verlassen, Corinna."

Das ist nicht fair! Doch die vier Silben verlassen meine Zunge nicht. ...

Der Himmel ist umwölkt.

Mittlerweile habe ich Carlos Larmakys Hinweis, man habe den Täter 'aus dem Verkehr gezogen' überprüft. Der Messerstecher wurde tatsächlich von zwei MAD-Beamten, die eine richterliche Anordnung vorzeigten, aus dem eingefrorenen 'Verkehr' der U-Haft 'gezogen'; Aufenthaltsort unbekannt. Ich zweifle am Rechtsstaat. Wer kontrolliert den MAD, effektiv und nicht nur formal?

Carlos Larmaky alias Karl May ist und bleibt mir ein Rätsel. Was zu verschmerzen wäre, stünde es nicht unserer Ermittlungsaufgabe im Wege.

Oberstaatsanwältin Löwenbrück erfährt, dass die Bundeswehr für *Leonardo* den Zuschlag bekommen hat. Die Start-up-Tüftler hätten kurzerhand dem finanziell attraktiven Angebot zugestimmt, ihr Projekt samt Patent einer staatsnahen Rüstungsfirma zu verkaufen.

Elias Marlow, dessen Verletzungen glücklicherweise weniger schlimm als vermutet waren, konnte bereits nach zwei Tagen das Krankenhaus verlassen. Leonhard hat er gesagt, mit der

Drohnengeschichte habe er abgeschlossen. Er werde sich weiterhin und verstärkt mit KI beschäftigen, aber die Finger von allen potentiell militärisch nutzbaren Entwicklungen lassen. Es gäbe zuhauf zivilgesellschaftlich bedeutsame Anwendungen und sei es eine Bienen-Big-Brother-App, die etwa anhand der Farbe des gesammelten Pollens erkennen könne, welche Blüten die Insekten ansteuerten, was Rückschlüsse auf die Artenvielfalt im umliegenden Pflanzenreich ermögliche. Ohne Pflanzenbestäuber, deren Bestand seit Jahren abnehme, würden landwirtschaftliche Erträge einbrechen. Vielleicht wage er sich sogar auf das Spielfeld der Kunst. Immerhin ließen sich mit KI-Bildgeneratoren wie DALL-E-2 stilechte Porträtbilder erzeugen. Warum also nicht, um ein regionales Beispiel zu nennen, die Maschine mit dem Gesamtwerk Ströhers füttern, um sie dann etwa mit dem Text-Kommando „Malu Dreyer, gemalt von Friedrich Karl Ströher" zu beauftragen?

Zu Tim habe er eine klare Meinung: Der sei aspergerbedingt sozial völlig inkompetent und Emelie habe leichtes Spiel gehabt, ihn für ihre zunehmend rechtsradikalen Interessen einzuspannen und zu instrumentalisieren. Er selbst könne ein Lied von ihren teuflischen Manipulationskünsten singen. Doch Tim sei bestimmt kein Mörder. Der Tod des Mannes nach Tims Steinwurf sei ein ebenso schrecklicher Unfall gewesen wie Emelies Tod.

Corinna Schmidt, von Leonhard in Kenntnis gesetzt, und ihr Team können Elias` Sichtweise durchaus nachvollziehen, bezweifeln aber, dass sie vor Gericht bestehen könnte.

Kapitel 47

Das Rätsel Emelie

„Sie würden mir nicht glauben, da war ich mir sicher, Corinna."
„Sie wollten sich rächen?"
„So ist es."
„Ich habe Emilie nicht umgebracht."
„Sie haben Elenas Tod nicht verhindert."
Merkwürdig, wie er das sagt. Ein höhnischer Begleitton, als wolle er mich düpieren.
„Hab`s nicht verhindern können", räume ich ein.
„Kommen Sie mir nicht so", entgegnet er.
„Was wollen Sie noch", sage ich, „Herr ..."
„Larmaky", unterbricht er mich, „Karl May ist vorbei, endgültig vorbei, Frau Kommissarin."
„Sie enttäuschen mich", sage ich.
„Genug getäuscht", sagt er unwirsch und schaut mir endlose Sekunden in die Augen. Dann sagt er, jedes einzelne Wort betonend: „Ich soll Sie von Emelie grüßen."

Ich schrecke auf. Was für ein Traum! Oder doch kein Traum?
Emelie wurde noch nicht beerdigt. Wo ist ihre Leiche? Gibt es die überhaupt? Wer war die Tote auf dem Balkon wirklich, falls es sie überhaupt gab? Ich, Hauptkommissarin Corinna Schmidt, verliere den Boden unter den Füßen, stürze ab.
Schweißgebadet wache ich auf und ... schaue in ihre Augen: Emelie.

Kapitel 48

Selbstbildnis mit Pickelhaube

„Bin gespannt, wie Ihr Roman endet", sagt Corinna. „Im Unterschied zu Ihren Fällen endet er tatsächlich", bedauert Leonhard.

„Der Roman verlangt einen Schlusspunkt, im wahrsten Sinne des Wortes", sagt sie und setzt ihn mit dem Zeigefinger in die Luft. „Die Leser wollen nun mal einen Abschluss der erzählten Handlung", bekräftigt er. „Punkt."

„Verstehe", sagt Corinna, „wenngleich ... mein Leserherz schlägt anders."

„Aha?" Er faltet seine Hände um das emporgezogene Knie und schaut sie erwartungsvoll an.

„Abgeschlossene erzählte Handlungen hinterlassen bei mir oft ein merkwürdig mulmiges Gefühl, vor allem in Filmen."

„Hm", sagt er, „weil Ihnen im selben Moment der Illusionscharakter des Gesehenen bewusst wird?"

„Mag sein. Da wird ein Sinn des Erzählten vorgegaukelt. Das ertrage ich nicht. Ebenso wenig das Artefaktische, das der erlebten Wirklichkeit nicht standhält, insbesondere wenn der Schluss sentimental oder kitschig daherkommt und das Gute vorhersehbar gewinnt."

„Sogleich läuten dann die Alarmglocken in Ihrem Kopf", vermutet er.

„Stimmt. Kaum ein Schluss besteht den Realitätscheck", bedauert Corinna.

„Sie meinen das alltägliche Klein-Klein", sagt er, „das Nicht-zu-Ende-Gedachte."

„Sie heben darauf ab", räsoniert sie, „dass die Ereignisse der Wirklichkeit kein Ende kennen."

„Weil das Leben weitergeht", grübelt er. „'Solange ich lebe, muss ich damit rechnen, dass ich weiterlebe`, kalauert Karl Valentin. In anderen Worten: Irgendwann stirbt man. Bis dahin sollte man leben."

„Das Leben derer, die es nicht erwischt hat, die noch mal davongekommen sind. Es fließt weiter in eine offene Zukunft hinein", sagt Corinna, „immerfort. Bis der nächste Lebensgast aus dem irdischen Zug aussteigt."

„Immerhin schließen Sie eine metaphysische Dimension nicht aus", betont Leonhard, um dann übergangslos auf den vergleichsweise rigiden Abschluss fiktionalen Erzählens zu verweisen. „Karl Friedrich Ströhers *Selbstbildnis mit Pickelhaube* fremdelt nun in Christian Ströhers Bildergalerie. Keine Kopie, nein das Original. Gott noch mal!"

„Aha?"

„Gewünscht habe ich mir dies triste Romanende freilich nicht, Corinna. Die Erzähllogik will es so. Versuche mit Alternativen haben allesamt nicht funktioniert, leider."

„Schon seltsam", sagt sie. „Auch ich bin alles andere als zufrieden mit dem Abschluss unseres Falls. Akte geschlossen und etliche Fragen offen."

„Wie gehen Sie damit um, Frau Hauptkommissarin?", fragt er mit einem Unterton von Erleichterung oder ironisch angehauchter Neugier. Corinna ist unschlüssig, welche Note dominiert.

„Ich wechsle in Ihr Fach", kündigt sie entschlossen an. „Wäre doch gelacht, wenn meine Träume, meine Wünsche und meine Phantasie, die oft genug an der kruden Realität abprallen, auf der Strecke blieben. Aus dem Steinbruch der Fakten lassen sich literarisch Funken der Hoffnung schlagen, oder?"

„Ich ahne es", frohlockt Leonhard Aron, „Sie werden das Genre der Krimi-Komödie aufmischen."

„So kommen wir beide uns wenigstens in der Fiktion nicht wechselseitig ins Gehege", antwortet sie augenzwinkernd und fügt hinzu: „Meine Kopfgeburt: Landen vier Ströher unter den top Drei der Ölgemälde rheinland-pfälzischer Künstler."

„Wahrlich eine Knobelaufgabe", kommentiert Leonhard lachend. „Die könnte in der Tat unser Minago-Terzett beschäftigen."

Corinna hat Emelie vor Augen, die sie auferstehen lassen wird. Auch um Karl Mays willen. Auch um ihrer selbst willen. Was sie natürlich nicht preisgibt. Leonhard würde sie sogleich mit ihren eigenen Argumenten bloßstellen können. Ein weiterer echter Ströher unter dem Dach eines blutleeren Informatikers, damit ist Leonhard fein raus, räsoniert sie. Avatar-Kunst könnte Friedrich Karl Ströher mit Pickelhaube aus seinem Selbstbildnis heraustreten und im Metaversum leben lassen. Eine Brücke zu Mara. Sie könnte daraus eine Geschichte stricken, die ihr Stiefvater Christian Ströher digitalisierte und die sie als Influenzerin in ihren Kreisen gewinnbringend vermarkten würde.

Am Abend liest sie in Max Frischs *Stiller.* „Gerade die enttäuschenden Geschichten, die keinen rechten Schluss und also keinen rechten Sinn haben, wirken lebendig", muss Stiller sich eingestehen. Und lebensnah, ergänzt sie. Als Leser oder Zuschauer kann ich weiterdenken, spekulieren, projizieren. Das kann mich weiterbringen, Verborgenes aufdecken, ja auch Schmerzliches, vielleicht hie und da aber auch trösten.

Corinna setzt sich an den Schreibtisch und fährt ihren Laptop hoch. Einen Decknamen wie Karl May oder Elena Ferrante werde ich mir zulegen, geht es ihr durch den Kopf. Meinen Lieblingsnamen, ich kann ihn mir ja aussuchen. Unter einem Pseudonym zu schreiben reizt mich, verschafft mir Freiheit und schützt die Kommissarin.

Kapitel 49

Lena-Marie Lamark: Der Augenblick

Er ist's.
Ihm bin ich gewogen.
Habe Kraft aus ihm gezogen.
Gewiss.

One Moment in Time beschwört Whitney Houston.
Elias, der Barkeeper, kredenzt den Talisker.
„Gibt es den Augenblick", fragt der fremde Gast, „den Augenblick, der alles verändert?"
Der Barkeeper schaut ihn mit hochgezogenen Brauen an.
„Ein Unfall, der Lottogewinn, die Liebe auf den ersten Blick?"
„Sie beginnen mit einem Negativbespiel", antwortet Elias dem Fremden.
„Das kann man auch anders sehen", wird ihm entgegnet.
„Aha?"
„Der Lottogewinn ist Türöffner in eine für den Glückspilz unbekannte Glamour-Welt. Dort erwartet sie ihn, nennen wir sie Emelie, Emelie, die ihr Geschäft beherrscht. Ihren Verführungskünsten ist er augenblicks erlegen, ist Wachs in ihren Händen. Ein Radfahrunfall öffnet ihm die Augen. Emelie steht vor seinem Krankenbett. Wo ist der Blick, in den er sich verliebt hat? Wo ist ihr Charme? Die borstige Stimme nervt, ebenso ihr aufdringliches Parfüm. Robotergleich ihre staksigen Bewegungen."
„Der Unfall entpuppt sich als Gamechanger", sagt der Barkeeper, der bei dem Namen Emilie seinen Poliermarathon unterbrochen und Maulaffen feilgehalten hat.
„Nun ja, die wahre Geschichte ist anders verlaufen", sagt der Fremde, nippt an dem Whiskey und erklärt: „Nach dem Radunfall vor einem Lottogeschäft, der schlimmer hätte ausgehen können, entschließt er sich spontan, einen Gewinnschein auszufüllen und wird belohnt. Als er Tage später die tausend Euro in dem Laden

einstreicht, verliebt er sich Hals über Kopf in die strahlende Verkäuferin, eine Studentin namens Emelie, die ihren ersten Arbeitstag hat, und lädt sie für den Abend ins beste Lokal der Stadt zum Essen ein. Heute noch ist sie die Frau an meiner Seite."

„Gratuliere!", lacht Barkeeper Elias beruhigt. „Einen Radunfall mit solchen Folgen wünschte ich mir auch."

„Denken Sie sich Ihre eigene Geschichte aus", rät ihm der Fremde mit einem Unterton, der Elias nun doch zu irritieren scheint.

„Sind Sie etwa ein ehrlicher Lügner?"

„Eher ein Ehrlicher", antwortet der Fremde, „der in Sachen Wahrheitsanspruch durch Lebenserfahrung skeptisch geworden ist."

„Ich muss mir die eigene Geschichte nicht erst ausdenken", krächzt eine Stimme in seinem Rücken, ein zweiter Bargast, der sich ächzend von seinem Tisch in einer Nische erhoben hat.

Er hinkt heran, pflanzt das Bierglas auf den Tresen und platziert sich ungefragt neben den Fremden.

„Radunfall", knurrt er und schlägt sich auf den Oberschenkel. „Für meine Liebe auf den ersten Blick war das zu viel des Schlechten. Seither fehlt mir der zweite Blick."

„Und der Lottogewinn?", fragt der Fremde ungerührt, ohne ihn anzuschauen.

„Ein Sechser. Hätte mir geholfen, die teure Operation anzugehen."

„Hätte?", fragt der Barkeeper.

„Der Unfall verhinderte, dass ich den bereits ausgefüllten Schein abgab."

„Once upon a time in Elias Bar", grummelt der Fremde.

Die Musikbox wechselt zurück: *One Moment in Time*.

„Ich glaube Ihnen kein Wort", sagt der Hinkefuß und schaut dem Fremden ins Gesicht.

Ausdruckslos blickt der zurück.

„Ihre Frau hieß Esperanza. Sie ist tot."

Wortlos räumt Karl May die Bühne.

Sogleich versendet Hinkefuß eine SMS.

Kaum dass Karl May ins Freie getreten ist, kreuzt eine Leonardo-Drohne am Horizont auf.

„Woher wissen Sie das?", fragt Barkeeper Elias.

„Dass seine Frau Esperanza tot ist?"

„Auch das. Überhaupt, wer der Mann ist?"

„Habe ihn eine Zeitlang observiert", grummelt Hinkefuß.

„Sind Sie Privatdetektiv?"

„Detektiv, hm, in gewisser Weise schon."

„Oh, sie waren V-Mann beim MAD?", wagt sich Elias, der sich an eine nebulöse Vermutung Leonhards zu erinnern glaubt, aus der Deckung. „Bundesverfassungsschutz?"

„Sie lesen wohl gerne Spionageromane?", lacht Hinkefuß die im Flüsterton vorgebrachte Frage weg. „Und was machen Sie, wenn Sie nicht gerade als Barkeeper im Wolkenkuckucksheim arbeiten?"

„Studiere. Meine Freundin ...

„Emelie", unterbricht ihn Hinkefuß, „kenne Ihre Geschichte."

„Sie werden mir langsam unheimlich", entfährt es Elias.

„Kennen Sie Hauptkommissarin Corinna Schmidt?", fragt der Mann.

„Ja."

„Das erklärt doch wohl einiges, oder?"

Figurentableau

Die Soko *Leonardo*
Hauptkommissarin Corinna Schmidt
Bachmann Jörg, Oberkommissar
Wunderlich Beate, Oberkommissarin
Castor, Lukas, Kommissar
Oberstaatsanwältin Leila Löwenbrück

Das *Minago*-Quintett:
Annemie Weimar
Beatrice Winter
Leonhard Aron

Dornbusch, Helene
Falko, Redakteur der HZ
Fernau, Konstantin, Polizist
Giesen, Doktor, Notarzt
Kaul, Karl, Künstler
Scheffler, Toska; ihre Freundin Lotta
Malik, Tom, seine Schwester Swenja, Vater und Mutter
Marlow, Elias
Murnau, Tim, sein Bruder Joshua, sein Onkel Karl May
May, Karl, MAD-Oberst, biologischer Vater Emelies
Mertin, Cornelius, Vorsitzender der Ströher-Stiftung
Museumsleiterin
Natusius, Dr.
Reichow, Emilie
Simon, Johannes, Pfarrer
Ströher, Christian; Sohn Justus, Stieftochter Mara
Sullyvan, Ruth

Inhaltsverzeichnis

 Gerd Tesch, 1950 im Hunsrück-
dorf Pfalzfeld geboren, studierte an
der Johannes Gutenberg-Universi-
tät Mainz Germanistik, Allgemeine
Sprachwissenschaft, Politikwissenschaft und promovierte in Philologie.
Er arbeitete in etlichen rheinland-pfäl-
zischen Gymnasien, zuletzt bis zur
Pensionierung als Schulleiter des Gym-
nasiums Kirn. Bislang hat er sieben
Kriminalromane, eine Kriminalerzäh-
lung sowie vier Bände mit Kurzgeschichten veröffentlicht.

Weitere Bücher von Gerd Tesch:

Zielscheibe Ströher, 2021,
ISBN 978-3-755735-64-9
Preis 10,00 €

Tod am Radweg, 2016,
ISBN 978-3-941200-55-5
Preis 10,90 €

Direkt bei Gerd Tesch
zu bestellen unter: g.tesch@gmx.net

Martha und meine Geschich-
te(n), 2021
BoD-Nr. 0215375033
Preis 19,00 €, zzgl. Versand

Die Unerwarteten, 2022
BoD-Nr. 0216543959
Preis 12,00 €, zzgl. Versand